AZUL-COBALTO

MARIA TERESA HORTA

AZUL-COBALTO

oficina
raquel

© Maria Teresa Horta, 2014
© Oficina Raquel, 2014

EDITORES
Raquel Menezes e Luis Maffei

ASSITENTE EDITORIAL
Cecília Voronoff

REVISÃO
Mariana Caser

PROJETO GRÁFICO E DIAGRAMAÇÃO
Julio Baptista
jcbaptista@gmail.com

CAPA
Bia Salgueiro

www.oficinaraquel.com
oficina@oficinaraquel.com
facebook.com/Editora-Oficina-Raquel

Edição apoiada pela
Direção-Geral do Livro
e das Bibliotecas/
Secretaria de Estado
da Cultura – Portugal

H821a Horta, Maria Teresa, 1937-
   Azul cobalto / Maria Teresa Horta. – 1. ed. – Rio de
Janeiro : Oficina Raquel, 2014.

   186 p. ; 21cm.
   ISBN: 978-85-65505-47-5

   1. Ficção portuguesa. I. Título.

                                               CDD: 869.3

Bibliotecária responsável Maria Ione Caser da Costa CRB72945
www.oficinaraquel.com

Ao Luís
com o excesso da paixão.
A voar no excesso da paixão da escrita.

"Voar, é o gesto da mulher, voar na língua, fazê-la voar."

HÉLÈNE CIXOUS

Lídia

Primeiro foi uma espécie de impressão nos ombros e no pescoço.
Uma ardência.
Uma espécie de queimadura à flor da pele.
Tentou ver-se no espelho do quarto: nua da cintura para cima, virou-se de lado e apercebeu-se de uma pequeníssima mancha vermelha em cada omoplata. Foi buscar o espelho redondo, cabo e moldura de prata trabalhada, mas não conseguiu distinguir, ver de mais perto.
Levou a mão de novo às costas e tacteou um pouco, mexendo vagarosamente os dedos, como quem deseja alisar, empurrar, temendo descobrir alguma grossura, mas não sentiu nada; absolutamente nada.
Vestiu a blusa mais fina, abotoada à frente, praticamente translúcida, e durante o resto do dia quase se esqueceu daquela estranha impressão de aspereza, daquele mal-estar, daquela espécie de ardência, de queimadura aturdida.
Ao fim da tarde, quando já começa a penumbra, o ardor voltou: quase docemente, num incómodo sem causa; afinal,

Lídia nem sequer conseguia definir o que sentia. E quando o marido chegou para jantar, encontrou a casa às escuras e gelada. Parecendo vazia na escuridão opaca dos quartos.

Gritou: "*Lídia!*" – Mas ela não respondeu logo, entorpecida, entontecida, como se tivesse bebido um pouco.

Na realidade Lídia sentia muita sede.

"*Terás febre?*" – perguntou-lhe o marido, inquieto. E ela acenou que sim, era possível estar com um pouco de febre.

Mas não lhe falou daquela impressão nas costas: uma espécie de queimadura de cada lado das costas, exactamente à mesma altura. Uma chama, um ardor.

Dor leve?

Uma espécie de arranhar por dentro.

Teve medo. Sem querer entender bem por que tinha medo. E lembrou-se da mãe.

A mãe vomitara sangue quando ela era muito pequena. Vira-a levar os dedos à boca e voltarem sujos de sangue, enquanto tossia sem conseguir parar. Num desespero emudecido. Agarrara-lhe um dos braços abaixo do cotovelo e não o largara mais até a hemoptise acabar, pouco a pouco, de forma surda e equívoca.

O avô, que era médico, reclinara a mãe num cadeirão baixo e largo na casa de jantar, dera-lhe um comprimido, um copo de água gelada. Pusera-lhe um saco de água quente debaixo dos pés e sentara-se numa cadeira em frente, hirto, à espera.

Estava muito branco e silencioso, à escuta daquele pequeno silvo que saía da boca da mãe, daquele borbulhar contínuo no peito da mãe enquanto tossia e levava um guardanapo de linho à boca e ele tornava manchado de encarnado vivo. A mãe inclinava a cabeça para trás no espaldar forrado do cadeirão e, de olhos fechados, tentava dominar aquele lento fluxo de sangue que lhe subia do corpo a aflorar os lábios cerrados e lívidos, a perderem os seus contornos.

Lídia recordou-se da mãe e teve medo, inexplicavelmente, a rever aquelas pequenas marcas que julgara ter apercebido nas costas quando as olhara no espelho.

Simétricas.

Totalmente simétricas: em cada omoplata, com uma pequeníssima dor que começava agora a descer ao longo dos braços, à flor da pele.

Um ligeiro formigueiro, era isso; um pequeníssimo formigueiro na parte exterior dos braços, que prendeu ao pescoço do marido inclinado sobre a cama ainda de casaco vestido, mal chegado da rua.

"*Tens os braços tão quentes!*" – admirou-se ele, beijando-a na boca. Mas ela recuou, porque lhe era insuportável o contacto com o seu corpo.

Nauseada.

Percebeu então que asfixiava; as janelas fechadas da casa pareceram-lhe por momentos terem grades.

Lídia recuou, enrodilhando a colcha de renda da cama, e disse baixo, como se estivesse a desmaiar:

"Sufoco."

E não se levantou para fazer o jantar.

Dormitou um pouco antes de o marido se despir para se deitar. Mas quando ele se estendeu a seu lado ela gritou. Um grito estrídulo e modulado.

A meio da madrugada Lídia acordou aterrada.

"Foi um sonho", pensou, mas logo percebeu que realmente não sentia os braços. Estavam tão leves que mal os sentia.

Sentou-se na cama, banhada por um suor morno a correr-lhe das axilas, num cheiro a erva seca, a palha.

Um suor que lhe colava os cabelos ao pescoço, lhe escorria pela cara, na cintura. Nas virilhas, também: pequenas bagas de suor a descerem ao longo das pernas, que limpou devagar com a ponta dos dedos trémulos.

Levantou-se cambaleando e foi vomitar, curvada na retrete, um líquido amarelo, sujo, nauseabundo.

Depois de ter lavado a boca na torneira do lavatório, olhou-se novamente no espelho e reparou nos olhos: afastados, de um azul lívido, esgarçado, que não conhecia. Confusa, voltou a olhar e não se reconheceu no rosto que viu reflectido no espelho: comprido e lívido, malares muito salientes, os olhos separados e praticamente sem cor.

Abriu a torneira toda, deixou correr a água e mergulhou nela a cara, sem no entanto conseguir acalmar a febre que a afligia.

Aquele tremor, aquela chama a queimar-lhe o corpo todo. E ficou ali durante muito tempo, desorientada, sem entender o que se passava consigo.

A sentir-se desesperadamente só.

Agachada a um canto da banheira.

"*Tem graça* – disse o marido quando se levantou de manhã – *cheira a rio, aqui*". E ergueu um pouco a cabeça, olhando à roda.

Lídia encolheu-se debaixo dos lençóis, os pulsos latejantes e novamente com aquela impressão esquisita e aguda nas costas, no pescoço, nos ombros.

Encolheu-se, dobrou-se mais, os joelhos unidos, subidos até quase ao pé da boca, a sentir os braços dormentes. Ou melhor: ausentes.

"*Acho-te com um ar estranho*" – disse-lhe o marido, parando para se despedir dela mesmo junto à cama. Lídia encolheu-se mais ainda, muda. E sem a beijar, distraído, perguntou-lhe por que não ia ao médico nessa manhã.

Lídia abanou a cabeça, que sim, e fechou os olhos depressa, na ânsia de se afastar do seu olhar inquiridor, aterradoramente perto, como se de um momento para o outro a fosse agarrar.

Então soube que não suportaria que ele a tocasse e fingiu ter adormecido de novo. Mas mal o ouviu sair, bater com a porta da rua, saltou num movimento único e ficou de pé no meio do quarto, tremendo muito.

Em desequilíbrio.

Entreabriu os braços naquele gesto largo que vinha fazendo por gosto há umas semanas e logo os seus pés tocaram por inteiro o chão, equilibrando-a.

Foi até ao espelho grande do guarda-vestidos e, virando-se, tentou novamente ver. As manchas lá estavam, mesmo um pouco maiores, dois círculos rosados e grossos. Tocou primeiro um, depois o outro, e soube-lhe bem acariciar-se assim, a aliviar um tudo-nada aquele ardor.

Aquele prurido.

Aquela comichão dormente.

Lídia ficou ali praticamente o resto do dia: entre a cama e o espelho. Ora morrendo de sede ora de fome, ora asfixiando, janela escancarada por onde entrava todo o calor de um Verão sufocante, a banhá-la de suores entorpecedores, ao mesmo tempo que a febre lhe queimava o corpo nu, enrodilhado no chão.

No primeiro dia ainda conseguiu engolir algum leite, mas logo o vomitava, espumoso, uma baba, um suco ácido que lhe abria gretas nos lábios ressequidos. Depois, pouco a pouco, passou a beber só água, sorvendo-a em goles pequenos, erguendo o pescoço que parecia cada vez mais esguio à medida que ela perdia peso e os ossos iam surgindo sob a pele de um tom levemente rosado; cada vez mais áspero.

O marido fugia dela, primeiro espantado e em seguida repugnado. Teimando em chamar o médico que, quando foi examiná-la, diagnosticou uma depressão nervosa e lhe receitou uns comprimidos que ele foi comprar à farmácia e Lídia fingia tomar para logo os cuspir fora, quando o via afastar-se.

Na segunda noite disse ao marido que não o queria a dormir a seu lado; mas nem ele desejava ficar, aterrado com o aspecto desfeito do rosto dela, agoniado com o suor que a inundava, e foi deitar-se no sofá da sala, repetindo alto, admirado: "*Há um cheiro esquisito cá em casa...*"

Um odor a prado, a erva seca e a água corrente por entre as pedras e os juncos, soube Lídia desde o princípio, quando secou os primeiros suores de febre no seu corpo nu, tremendo sobre a cama.

Na terceira noite tornou a acordar de madrugada, enrodilhada desta vez aos pés da cómoda de mogno que lhe dera a mãe. A cómoda de casa do avô, posta a um canto do quarto grande, ao fundo do corredor por onde ela deslizava a medo quando era pequena, em bicos de pés, durante as horas da sesta nos meses de férias.

Na quarta noite, tal como na anterior, despertou ao raiar da alva, debatendo-se com um sobressalto que ela julgou ser um pesadelo. A comichão nas costas aumentara e os braços voltaram a ficar dormentes e sem peso. Passou neles os dedos trémulos e sentiu pela primeira vez que lhe estava a nascer uma espécie de penugem que ia já até aos seus ombros dantes tão macios: uma penugem áspera e doce ao mesmo tempo. Abriu a luz e ficou ao espelho, a olhar-se durante muito tempo, o coração a bater descompassado, procurando uma outra provável anomalia que lhe manchasse o corpo liso e macio, que percorreu vagarosamente, com mãos cautelosas.

Apenas ao de leve.

Na manhã seguinte o marido foi encontrá-la dormitando, a arder em febre, deitada perto da janela. A receber a brisa da manhã já acesa de calor àquela hora. Os cabelos espalhados na alcatifa, tão louros que faziam doer os olhos.
Ficou a olhar assustado a magreza do corpo despido a seus pés. A beleza do corpo despido a seus pés.
Curvou-se devagar e aproximou a boca dos seios que beijou mal os aflorando, a sentir aquele odor adocicado a desprender-se da sua mulher adormecida, lábios entreabertos e hálito queimado, azedo, ácido.
Curvou-se e tocou-lhe ao de leve os bicos erectos dos seios docemente em repouso. Mas ela acordou e soltou-se-lhe dos braços com aquele grito estrídulo e modulado que se tornara um hábito da sua parte.
"*Eu não te faço mal*" – disse baixo, levantando-se e fitando-a aterrado, querendo de qualquer forma acalmá-la.
E afastou-se até à porta.
Foi então que viu as fezes a um canto do quarto.
Fugiu enjoado.

Ao passar na sala reparou que ela deixara de se preocupar com a casa, o pó começava a tomar altura nos móveis, a sujidade na alcatifa. Só os cinzeiros estavam estranhamente limpos. Nesse momento apercebeu-se de que Lídia não voltara a fumar.

Deixara igualmente de comer: o pão e os ovos que ele trazia todos os dias encontravam-se na cozinha, intactos.

Antes de sair fez um café forte que bebeu, nauseado com aquele cheiro acre e doce, que começava a tomar conta de tudo. Um cheiro a água estagnada.

Ou antes, a animal.

Em cima da mesa de mármore da cozinha espalhava-se a fruta: golpeada, decepada, caroço à mostra.

Debicada?

Ficou a olhar estupefacto, sem saber o que pensar. Desnorteado. Com uma repugnância que, sem ele querer, começava a ser-lhe insuportável, a empurrá-lo dali para fora.

Ao fim da tarde voltaria a procurar o médico, decidiu. Lídia tinha enlouquecido, sabia, tinha enlouquecido.

Sentada no parapeito da janela, joelhos subidos à boca, Lídia estremeceu ao ouvi-lo bater com a porta da rua depois de andar de cá para lá entre a cozinha e a sala.

Ouviu-o também falar ao telefone com o médico a combinar um encontro e adivinhou o perigo.

Lídia adivinhou o perigo.

Naquele dia sentia-se melhor – a febre não voltara, mas a noite fora atormentada.

Só conseguira adormecer já de manhã, horas e horas tentando acalmar aquela comichão nas costas, cada vez maior.

No espelho redondo da casa de banho apercebeu-se de que as manchas nas omoplatas haviam crescido muito: eram agora dois círculos largos, imensos, de um rosa intenso, brilhante.

Rugosos na sua penugem áspera.

Fascinada, voltou a acariciar-se e a acariciar-se, braços cruzados sobre os seios a envolverem o tronco, mãos tacteando as omoplatas, tentando apagar aquela comichão macia, agora quase boa.

Baixou-se sobre o lavatório para beber água da torneira. Deixara de se servir dos copos: inclinava o tronco, recebia a água na boca e em seguida engolia-a, cabeça erguida, o pescoço ondeando ternamente.

Já havia nascido a manhã quando se deitou junto à janela escancarada, a frescura da madrugada a descer-lhe no corpo, a secar-lhe na pele os últimos suores da febre que baixava. A sossegar-lhe o cansaço.

E o torpor cresceu, adormecendo-a finalmente.

Fazendo-a esquecer-se de tudo à volta.

Do próprio corpo.

O medo que ainda aparecia de vez em quando, perfurando aquela névoa, aquele universo difuso, brumoso, onde passara a habitar.

Foi a última vez que dormiu deitada.

"*Ela também deixou de falar*" – explicou o marido ao médico, quando o procurou no consultório ao fim da tarde.

E contou dos dejectos, dos objectos derrubados, da fruta decepada na mesa da cozinha, dos ruídos estranhos e agudos vindos do quarto.

Do cheiro a animal que enchia a casa.

"*Ela também deixou de se vestir*" – recordou.

Lídia sabia ter de se apressar, pôr termo àquele percurso de dor e medo, cada dia menores. Perdidos à medida que mergulhava mais fundo na penumbra de si mesma, semana após semana.

Ficava horas alisando o corpo com a ponta dos dedos, passando a língua pelos braços, pelos joelhos, pelos pulsos.

No princípio do mês viera-lhe a menstruação: deixara-a correr livremente pelas coxas, pelas pernas, naquele encarnado vivo de rubi. Debaixo do chuveiro masturbara-se até se sentir exausta. A seus pés a água era nacarada, rosada e sanguínea. Depois, frente ao espelho do quarto, voltara a acariciar-se, lentamente, entreabrindo os lábios da vagina e vendo o pequeno clitóris tumefacto, erecto e húmido.

Sabia que lhe restavam poucos dias, atenta, nos curtos momentos de lucidez que ainda surgiam, aos ruídos e às modificações à sua volta.

Tudo o resto lhe era indiferente. Ou melhor, o resto do seu tempo perdia-se informe e feroz.

Lídia não se lembrava de alguma vez ter sido voraz. De ter sentido algum dia aquela voracidade.

Corria a defender-se atrás da cama quando o marido entreabria a porta e espreitava para dentro da escuridade onde se abrigava.

Naquele fim de tarde o marido trouxe com ele o médico. Tentaram agarrá-la. Mas ela guinchou, mordendo. Arranhando; unhas na direcção dos olhos dos dois, que logo recuaram atemorizados.

Aterrados.

"*Tem de ser internada*" – disse o médico.

Nessa noite Lídia sonhou com as árvores.

Pela primeira vez sonhou com as árvores e com o imenso espaço azul do céu à sua frente.

Sentiu o ar fresco abrindo-se para a receber: um vento depois mais tépido e envolvente, perpassando pelo seu corpo ágil, em movimento.

Pela primeira vez, nessa noite Lídia sonhou com as árvores. Tomou delas o cheiro e as sementes do chão, por entre as ervas macias.

Pela primeira vez, nessa noite Lídia sonhou com as árvores, matou a sede no ribeiro e a fome na mata, deixando correr na garganta o suco dos frutos e das flores.

Acordou cedo, desceu do espaldar da cama onde se aninhara e foi até à janela escancarada.

Olhou para fora, atenta. Mas apenas distinguiu os prédios enormes à volta, a estenderem-se até muito longe. E por entre os intervalos, lá no cimo, um pouco de céu onde passavam as aves, silenciosas.

Encostou a cabeça aos vidros. Os cabelos caídos pelas costas, tão louros que faziam doer os olhos.

Nessa noite Lídia sonhou com rosas: carnudas e vermelhas, sanguíneas; ou rosas-chá, pálidas, de pétalas quase transparentes; rosas-de-toucar, que ela lembrava da quinta do avô, perto do muro que, na parte de trás da casa, dava para o rio que corria perto.

Nessa noite Lídia recuperou a memória. Em movimentos muito leves, andou pelo escuro da casa sem tropeçar nos móveis, a tocar, a tactear os objectos, a louça, os contornos dos móveis.

Recuperou a memória.

Entendeu que tinha de se apressar e foi encostar-se à janela esperando pela madrugada, que ela aparecesse por entre os prédios enormes à sua frente.

E pensou naquela fotografia onde estava no meio das hortênsias azuis, sorrindo para o pai e para a mãe à sua frente. Porque nessa noite Lídia sonhara com a ilha dos Açores onde vivera quando era pequena, o mar sombrio todo à roda, a terra a tremer debaixo dos pés, uma, duas, três vezes por dia... E as hortênsias, num colorido intenso.

Como os olhos da mãe. Cheios de ódio?

Azuis, da cor das hortênsias da ilha – estradas e estradas inundadas de hortênsias, devorando as brumas salgadas, o ferro das águas.

Como os olhos da mãe.

Lídia ficou ali muito tempo. Ouviu o marido levantar-se lá dentro. Percebeu depois que a espreitava, entreabrindo a porta. Escutou em seguida o seu telefonema para o médico.

Quando ele saiu foi até à sala, à cozinha, ao escritório, percorrendo a casa toda a despedir-se.

Depois regressou ao quarto e ficou à espera.

Levantou-se um vento quente por volta do meio-dia: mais um bafo, pesado e tenso, que quase nem fazia inquietar os ramos das árvores.

As cortinas do quarto de Lídia moveram-se um pouco, mas logo se aquietaram. Ela estremeceu, sentiu uma ligeira tontura, estremeceu mas não saiu de onde estava, fitando-se e ao quarto através do espelho grande do guarda-vestidos, a um canto. Alisou os ombros e as costas com as unhas, durante algum tempo, os braços cruzados à altura do peito, as mãos atiradas para trás, os dedos longos esticados, as unhas compridas a adoçarem-se no gesto.

Pareceria adormecida se não fosse o movimento das pálpebras, das mãos quebradas pelos pulsos delgados, de criança.

Agora, era o seu tempo de aguardar, de estar ali à espera, vigilante a todos os ruídos. Ainda sabendo como era chorar, mas já não conseguindo imaginar-se a soluçar. Porque Lídia perdera para sempre a faculdade de chorar. Mesmo assim o soluço formou-se-lhe no peito à altura do coração. Mas os olhos continuaram secos, sem cor nenhuma, com aquele cintilar agudo do vidro que, de longe, se poderia confundir com lágrimas.

Lídia recuperara a memória mas não o choro. Não o choro.

Agachou-se, mãos e pés no chão, quando ouviu o marido meter a chave na fechadura da porta da rua.

Recuou para perto da janela aberta.

Os olhos fitos na maçaneta de porcelana branca com pequenas flores pintadas a cor-de-rosa e verde.

Ele hesitou um pouco antes de deixar entrar os enfermeiros. Na sala percebeu que Lídia havia ali estado pelos objectos derrubados, pelo vidro partido da fotografia grande colorida à pena: as hortênsias tão azuis quanto os olhos dela, o pequeno casaco de malha encarnado subido na cintura, os joelhos magros e um pouco esfolados de brincar sozinha no pátio das traseiras, as tranças e o risco ao meio no cabelo ainda cor de mel.

Pelo cheiro.

Ele soube que Lídia havia ali estado pelo cheiro: a terra molhada, a palha, a húmus, a riacho.

A erva seca pelo calor.

A animal, também.

Levou devagar a mão à maçaneta da porta do quarto e rodou-a.

Lídia viu a maçaneta rodar.

Num golpe de rins saltou para o parapeito da janela a olhar para dentro, a espreitar para dentro da luz estridente do quarto. Acocorada. Os cabelos tombados para a frente, soltos, a baterem abaixo dos ombros.

Viu a maçaneta rodar e a porta entreabrir-se tão lentamente que, ao princípio, até poderia parecer ter continuado fechada.

Primeiro reparou nele e em seguida nos dois homens, bata branca abotoada atrás. Os três parados à entrada do quarto a fitarem-na sem um gesto. Nem uma palavra. Apenas ali parados, excessivamente imóveis para serem reais. Só passado muito tempo o marido deu o primeiro passo na sua direcção.

Lídia permitiu que ele, pouco a pouco, se aproximasse mais. Cauteloso. A medo. Pés silenciosos postos atrás um do outro. Passos medidos. Olhar astuto.

Como quem caça.

E na altura em que ele ia começar a formar o salto para a agarrar, lançou-se da janela.

Abriu as asas. Cintilantes ao sol da tarde.
E voou.

Calor

I

A mulher fica à porta a olhar Mónica
a brincar no pátio, distraída, sem dar conta do mar a perder-se na praia: liso e encorpado pelo calor; um calor naquela manhã intacto e se possível maior ainda do que na véspera por dentro da noite sufocante, somente cortado pelo sabor acre do álcool e do suor do gelo no vidro do copo e nas palmas das mãos; um calor pegajoso e espesso a envolver os corpos.
A mulher pára a observar Mónica,
envolta pela luz ácida da manhã, calções desbotados, camisolinha gasta, cabelos no desalinho do sono que ela sabe ser sempre inquieto, pequenos caracóis colados à testa e ao pescoço alto por uma humidade febril que a entontece. Para lá do portão de madeira lascada, o calor é temperado por uma aragem que percorre, levanta e mistura a areia com a terra ressequida do atalho que começa quase ali, um pequeno vento rasteiro fazendo mover devagar as folhas secas da

palmeira que se ergue no pátio onde a criança brinca, desatenta, sem reparar no oceano que ao meio-dia ganhará um tom fulvo de fogo domado pelo sal da água, embora por enquanto apenas se aloure e engrosse sob o calor opaco, agreste, mas que na sua claridade intensa e dura

faz cegar a mulher mal esta chega à porta escancarada que dá para a escada de pedra, onde no último degrau a criança se esquecera de brincar, e em silêncio olha em frente, dedos fechados sobre os joelhos nus e subidos até perto dos lábios crestados pela sede e a aragem ácida e salgada, que no começo do Outono começará a soltar-se das ondas e a infiltrar-se, sem se dar ainda por isso, nos cabelos, na saliva, a gretar a pele, pouco a pouco, como uma mínima lâmina, uma ponta de aço ou de diamante acerado,

cortante.

Então a mulher chama Mónica, baixo, apenas o seu nome. Chama a criança que se volta e a olha tal como há pouco fitava o mar: distraída, displicente, dir-se-ia que sem a conhecer, sem nunca a ter visto. E a mulher desce os três degraus de pedra morna, mas que dentro de duas horas queimará como uma labareda. A mulher desce os três degraus e, junto ao canteiro onde só crescem ervas daninhas, abre a torneira escondida pela esquina da parede da casa, debaixo da palmeira, levanta a mangueira a encontrar o alívio da água adocicada, que engole ao senti-la finalmente deslizar pela cara, pelos ombros, a contornar-lhe os seios duros, cheios e tensos, a sulcar-lhe o ventre e as coxas.

Parecendo por momentos fazê-la esquecer a sua vida isolada, vulnerável e vertiginosa, absurdamente ausente.

Atenta e voraz, Mónica observa todos os gestos da mãe: um por um examina-os, devora-os, percorre-os com os olhos

semicerrados no esforço de se concentrar nos seus movimentos e gestos bravios, a mãe ainda húmida e fresca da água da mangueira a aproximar-se dela, deixando no chão a marca do contorno dos seus passos sobressaltados e, em cada degrau da escada, a leveza da planta curva dos pés que quase não apoia na pedra quente, cada vez mais quente, e onde a criança continua sentada,
fingindo brincar.
A mulher traz-lhe uma caneca de leite com bolhas de gordura a nadarem no cimo cremoso de brancura intacta, nata a pegar-se às bordas da louça vidrada e em seguida aos lábios, enquanto o leite desce pela sua garganta contraída. A criança engole o leite, obediente, e diz alto, subitamente alto: "*São horas de ir para a praia*".
A mãe acena que sim, calada e sem se mover, talvez temerosa do maior calor que antecipadamente teme encontrar, a forja do sol incandescente a ferir-lhe o corpo neste momento ainda abrigado à sombra esgarçada da palmeira,
uma fina sombra esfiapada e puída, a enlouquecer com o zumbido persistente dos insectos, que ali tentam inutilmente fugir à brasa incandescente do princípio da tarde; insectos que a criança esmaga nos braços com a ponta dos dedos, por instantes esquecida da vontade de fugir pelo estreito caminho ladeado de cardos e espinhos, de plantas selvagens, tojo carcomido, erva curta e seca, da urze roída pelo sal das areias desgovernadas. O caminho que conduz à praia imensa a perder de vista, com dunas altas às quais gosta de subir até ao cimo,
de onde fica a contar os barcos que passam ao largo, com as velas inchadas de vento, ou a escutar os estampidos dos motores das lanchas a fenderem as ondas que rasgam de

cima a baixo, numa chuva de espuma transparente, translúcida.

Sob a palmeira, a mulher penteia Mónica, docilmente abandonada às mãos macias da mãe, que em seguida se dirige para o portão baixo, rangendo nas dobradiças enferrujadas, mas apesar de tudo leve, a abrir sem esforço,

cancela antiga, de onde chama a criança que voltara a sentar-se no último degrau da escada, mas que logo passa correndo à sua frente, as tranças a voarem-lhe nas costas, as pernas magras tisnadas pelo Verão.

Ao vê-la distanciar-se pelo trilho poeirento e árido, a mulher sente medo, receio desperto pela solidão, à mistura com aquele bafo de estio ardente; sem entender o porquê dessa súbita angústia, dessa espécie de premonição materna. E o seu desespero logo toma a ambígua dimensão de todo o amor.

De todo o mar.

A mulher e a criança olham o mar. Depois, a mulher cede ao cansaço: deita-se de bruços, esconde o rosto entre os braços magros.

II

Mónica olha a mãe estendida de bruços, o corpo delgado, a pele lisa e brilhante, os braços erguidos e dobrados onde repousa a cabeça.

Adormecida?

Pergunta a si mesma se na realidade a mãe terá adormecido, os cabelos muito louros a tocarem a areia quente, o corpo quieto e dourado com a sua pele de uma maciez deleitosa da seda. De onde parte um odor espesso a madeira aquecida, ou a perfume retido há muito num frasco de vidro, onde pouco a pouco se adensa.

O sol é uma mancha esbranquiçada, intensa, a incendiar a atmosfera àquela hora em que a tarde começa, com uma luz difícil de suportar, claridade ácida a prender-nos o pensamento.

Por momentos Mónica fixa o céu, de cabeça erguida, limpa o suor que lhe humedece o pescoço alto e, atordoada, passa a língua pelos lábios gretados.

O mar de um azul intenso com laivos de verde ácido, quase enegrecido, estremece ao de leve, ondulando num movimento perpétuo onde apetece mergulhar num breve arrepio de receio.

O barco que há pouco era apenas um ponto escuro, quieto, absurdamente imóvel, distingue-se agora recortado ao fundo da lonjura, a vela muito branca e aquietada na atmosfera estagnada, rija de calor. A vela desfraldada que parece apontar para o alto, e o homem que, por seu lado, também se recorta de encontro ao horizonte anil, as pernas abertas, o rosto iluminado pela claridade ávida.

Mas a criança não se apercebe do barco, nem do homem, olha ainda a mãe estendida de bruços, nua, os cabelos muito louros a tocarem a areia escaldante e rugosa, onde Mónica apoia as mãos pequenas; em seguida leva-as até aos joelhos unidos e erguidos que abraça, sem perder a mãe de vista, não sabendo se ela adormecera de torpor, indiferente à queimadura do sol que a envolve, pele humedecida por uma neblina pesada e entontecedora.

A praia vazia faz lembrar à criança um enorme deserto onde se encontrasse perdida. Então, sente medo e levanta-se, caminha lentamente até sentir nos pés a frescura redentora da rebentação na areia molhada. Aí dá conta do barco agora junto da praia: a vela inchada e dura de calor, o homem de pé, as pernas firmes e abertas, de encontro ao céu esbranquiçado.

Sufoca-se sem uma aragem.

Mónica limpa o suor acumulado sobre o lábio superior e no seu pulso fica um risco húmido, ao comprido, uma mancha estreita, irregular.

Com as tranças a roçarem os ombros delicados, deixa tombar a cabeça para trás, os olhos muito abertos, cegos de sol, e ao voltar-se apercebe-se de que a mãe se movera e, agora sentada, fita o mar em frente, quem sabe se também o barco a distanciar-se de novo, ou se somente o horizonte ou nem isso, a olhar apenas por olhar, entontecida de calor ou de sono, esquecida da criança estendida à borda da água, magra e frágil, atenta ao ruído do corpo da mãe sobre a areia. E quando esta passa por ela, leva os olhos presos na água onde entra sem pressa, mansamente, o corpo distendido, os braços pendentes, as pernas muito altas.

Na sua boca há um ricto de indiferença, sem nenhuma brandura.

Do lugar onde está, Mónica só lhe distingue as longas pernas bronzeadas, perfeitas. Segue-lhe o andar e, quando ela mergulha estremece, arrancada à contemplação de cada um dos seus mais pequenos movimentos.

A mulher sente o corte brusco da água a cobrir e a rasgar o calor do seu corpo. Dá umas braçadas, sem pressa, e estende-se de costas, imóvel, os olhos presos no tom esbranquiçado do sol, a fugir desse modo à atenção obsessiva de Mónica, que aninhada na praia a acompanha com o olhar azul-pavão, como se a perseguisse.

Teme a própria imobilidade,

e nada em direcção ao largo, onde um pequeno barco parece abandonado ao sabor das ondas e do tempo. Olha, sem ver ninguém. No entanto, talvez haja, afinal, uma mancha mais escura a recortar-se, tal como a vela branca endurecida e tesa, de um homem apoiado nas suas pernas fortes. A mulher repara que ele parece fixar a criança na orla da praia, as tranças sem laços atiradas para trás, e os olhos sombreados, obscuros, de um azul que de memória sabe serem azul-safira. Novamente nadando de costas, sente o pulsar violento do corpo e recorda-se do homem.

O homem que lhe estendera uma rosa de esplendor, a iluminar a penumbra da sala: uma rosa branca.

"*Há menos rosas, agora*" – murmurara.

E ela limitara-se a confirmar: "*há menos rosas hoje*", sem saber se aquele hoje significaria tempo, somente distância ou apenas memória tomada das suas palavras; e regressa ao presente, retomando o fio-de-prumo das vagas, numa longa viagem, num manso caminhar onde as mãos se demoram nos gestos mais breves e esgotados, a perderem-se nas cores abertas e insidiosas, com um ardiloso sabor a cicuta desfazendo-se na língua.

E ali fica, vogando ao capricho das ondas, com o sol a bater-lhe de frente, as pupilas contraídas, a lembrar-se da penumbra tépida da casa, num outro tempo:

Eis a mulher, que com uma rosa pousada nos joelhos adormeceu. – A mulher que recusa, vacila, aguarda a rosa que lhe estendem, mas que sem sequer a fitar não a recebe.

Ali, de costas no mar, a mulher sonha com a rosa esquecida na meia-luz da sala, e ao imaginá-la, inventa:

"Eis a rosa que nego e recuso, embora a acaricie com os lábios, e trema de cansaço".

De febre?

Eis a mulher que se debruça sobre a jarra, os cabelos a aflorarem as rosas rubras ou de um amarelo-pálido. No crepúsculo, a esboroar-se aos poucos pelos recantos umbrosos da sala.

Deitada de costas no mar, a mulher relembra a sala, com a sua sombra doce, esvaída, ténue, brandamente sedutora.

A sala, com as rosas nas jarras e a mulher que as examina e se inclina, os cabelos louros cintilando no final de tarde. Atenta. Não atenta à presença das rosas brancas ou amarelas, nem às outras mais intensamente sanguíneas – uma destas está posta nos seus cabelos – mas ao silêncio que a rodeia, como que a defendê-la dos outros, a impedi-la, a impeli-la para a fuga, enquanto se curva sobre as rosas, numa fingida atenção demorada, que todos aprovam.

A secura.

A secura. A mulher sente o sol queimar-lhe as pálpebras, a pele dos lábios. Mergulha de novo, tentando afugentar a memória daquilo que sabe poder vir a recordar em seguida:

O olhar manso de espanto, os dedos que se crispam por segundos no tecido da saia, na pele descoberta das coxas entreabertas. E já nada mais tem urgência, já nada mais tem verdadeira importância.

Ergue as mãos, recua, tropeça na cama; tem os olhos fechados, a boca entreaberta, e só a rosa caída no tapete, desmanchada, desfolhada,

perturba a organização da tarde.

Que torpor e passividade lhe pedem? Que posições lhe insinuam, querem ensinar-lhe ao corpo, que deste modo posto sem pudor, dizem, não serve.

Que falsa acusação lavram, palavra após palavra, a sublinharem o nada a que desde o dia do nascimento fora votada?

A mulher sente o pulsar violento do coração e resolve regressar, nadando sem pressa, já cansada, temerosa sobretudo da memória. Da recordação do homem de pé no seu barco. Do homem a espiá-la, do barco a afastar-se cada vez mais, para regressar ao final da tarde, como é hábito, e em seguida tornar a distanciar-se a fim de voltar de novo na manhã seguinte: o calor a esboroar-se na proa do seu barco.

A mulher passa pela criança na areia, como se não a visse, e vai deitar-se de bruços sobre a toalha onde poisa a cabeça, os cabelos escurecidos pela água a tocarem a areia. O calor a tomar novamente conta da nudez do seu corpo, o sono a ganhar-lhe os membros distendidos em abandono.

Então Mónica aproxima-se e senta-se no seu sítio um pouco afastada e, absorta, fica a olhar a mãe, sem saber se ela teria adormecido ou se descansa apenas antes de voltarem a casa.

A praia vazia àquela hora parece-lhe um enorme deserto, um imenso deserto a perder de vista, onde ela se demora, no deleite da própria sede.

Leonor e Teresa

Depois de se ter espreguiçado arqueando o dorso e esticando as patas, unhas finas e aguçadas enterrando-se de forma ávida na humidade do musgo, a pequena gata de um branco sem mácula salta para o colo de Teresa de Mello Breyner onde se enrosca, ficando como um novelo de neve na saia de seda cor de esmeralda. Sentindo porém a magreza inóspita dos joelhos unidos, procura mais atrás, no cimo das coxas, a quentura firme do ventre liso.

Sorrindo ao de leve, Teresa passa devagar a mão pálida pela sua cabeça delicada, deixando os dedos distraídos contornarem-lhe as orelhas, como conchas nacaradas e trémulas sob a carícia, enquanto vai reparando em Leonor de Almeida, que nervosa brinca com o leque de marfim, abrindo-o e fechando-o num ruído áspero que atravessa e quebra a harmonia da tarde vagarosa e longa, feita das horas lentas daquela altura do ano, Verão a entornar-se contrafeito no início do Outono. Tudo o mais à volta delas parece ter-se imobilizado: as flores brancas e espessas da magnólia, as rosas-chá trepadeiras no muro do jardim, a tepidez do ar adormentado de odores esgarçados de gardénia e madressilva. O rio corre mais além, rumorejando por entre os choupos e os salgueiros sedentos, e o repuxo do lago quase diante da casa transforma a água numa poalha iridiscente, imobilizada num silêncio de nuvem.

Os papéis que Leonor trouxera consigo parecem agora ondular levemente no tampo rosado da mesa de mármore, perto do tabuleirinho de prata lavrada onde colocaram os copos usados e o jarro da limonada, que a aia não levantara. Na relva por baixo da acácia, o livro entreaberto dos sonetos de Petrarca permite que a aragem baixa lhe desfolhe as páginas uma por uma.

Desde a chegada a Portugal, sem ser esperada, largando em Avignon à sua espera os filhos e o marido, a amiga parece-lhe irritadiça e triste, como se guardasse algum segredo, enredo de dúvida revolvida num qualquer negrume de profecia. Por vezes mal a reconhece na mulher extremamente bela e caprichosa em que se tornou, tão depressa forrada de teimosia, como febril e implicativa, a discutir por tudo e por nada, empenhada em encontrar temas sobre os quais sabe discordarem. Acabando inevitavelmente por divergir em duras discussões que as separam, antagónicas frente às questões modernas que Leonor levanta, importadas da Áustria e sobretudo da França. Levada certamente por inteligências danosas, más companhias e amizades indesejáveis que por lá fizera, mas também devido às leituras perniciosas que desde menina a fascinam pela aventura do novo que comportam; procurando o impossível, ansiando pelo proibido. E por tudo isso, como se fossem crianças ou adolescentes, zangam-se para logo se reconciliarem surpreendidas, e de imediato recaírem na tentação da zanga acirrada ou no amuo quebradiço, o que lhes estraga as raras horas passadas sozinhas.

Afinal são tantas as saudades que assim não matam! Arrependida da própria intransigência, repara na boca crispada da amiga que entretanto se aquietara, olhos fechados como se estivesse exausta, pele esmaecida a contrastar com a cor acesa do vestido amarelo-torrado. Retraída, não se atreve contudo a esboçar o gesto de afago que os dedos afilados desejam fazer no braço nu e ligeiramente suado de Leonor, cabeça inclinada sobre o ombro direito onde o decote desliza. A desordem frisada dos caracóis de mel acentua-lhe a languidez da qual Teresa desvia os olhos sem pressa mas com determinação, embora tardia.

Estremece num longo arrepio de anseio e logo recua os dedos, que tornam a contragosto ao pêlo sedoso da gata adormecida, tentando afastar as saudades dos tempos de Chelas, quando dissimuladas e astutas enganavam com arte as freiras desconfiadas e azedas, a fim de se encontrarem uma com a outra à sua revelia, em conversas a esmo horas seguidas por entre frouxos de riso. Arriscando-se para lhe entregar à socapa os livros de Voltaire, de Diderot, os volumes da Enciclopédia que Leonor pedira e ela, embora contrafeita levara, matreira, escondidos debaixo das saias. Saudades ainda das cartas que na altura trocaram, esgueirando-as por entre as grades gastas do parlatório, sem passarem pelo crivo da censura materna, da devassa cruel da madre abadessa, da tacanhez do confessor, ou mesmo da vigilância do Arcebispo de Lacedemónia, que a mando de Pombal espiava, na tentativa vã de controlar a rebeldia, o excesso e a desobediência de Leonor, como se não bastasse tê-la em clausura.

Foram tantos os deslumbramentos que cruzaram ao longo das suas vidas! Os alumbramentos, os êxtases retraídos, as palavras de púrpura, de espuma, de espanto e pasmo numa estreita amizade entretecida, trança de experimentação e voo de rola, que Teresa se cala, temendo reacender o azedume por enquanto extinto. E encontrando o olhar prateado de Leonor, que a espreita curiosa por entre as pálpebras entreabertas, diz num fio de voz:

– *És impiedosa quando queres, mas também sabes ser generosa e meiga e triste como agora, corça de manso trato tal como Inês era de murta. E se te reconheço intolerante, posso apontar com igual exactidão o que em ti é frio ou ardente. Porque tu abres os apriscos àqueles que de ti se aproximam esgotados, enquanto eu sou ríspida de trato e ciente do enorme gosto, do imenso prazer que tiro da minha desértica secura.*

Leonor entende estar Teresa a referir-se a si mesma, da única maneira possível para poder continuar a manter a paz de espírito, num cerzir do entendimento com a sua consciência: perdurando os tabus, seguindo as regras, cumprindo as maneiras e os modos que lhe foram ensinados na infância. Princípios que conserva intactos por uma questão de orgulho e honra, mas que o simples despontar da diversidade, da racionalidade e da razão, sobressalta, deixando-a desarmada diante da insatisfação e da impossibilidade. Enquanto ela, pelo contrário, sempre se sentiu atraída pelas luzes que se acendem à passagem sem retrocesso da ciência, do conhecimento, da inteligência que ousa descobrir, anseia por entender mais longe.

Por isso as opiniões preconceituosas e antiquadas de Teresa tanto a irritam. Hoje haviam discutido por causa da poesia de Schiller, que descobrira em Viena; na vez anterior tinha sido a propósito de Goethe, que tanto admira e a outra recusa. Ou teria sido a propósito de Voltaire e de Rousseau, nimbados pela sedução-proibição do pensamento exacto?

E quando Teresa, depois de ter feito deslizar do colo a gata branca, se atreve a indagar, "*Em que pensas?*", cala-se, na esperança de evitar a resposta sincera a dançar-lhe nos lábios, o que iria turvar novamente o clima desanuviado. Levanta-se pois de um salto, silhueta esbelta a alongar-se no gesto de se erguer por entre os últimos raios de sol da tarde, a colher o goivo do tom da renda a contornar-lhe a cintura que uma só mão abarca. Mas ao voltar-se, segurando pela haste frágil a flor que oscila, suspende o movimento de impaciência esboçado, surpreendida com a ardência rubra do demorado crepúsculo.

Sem falarem, mantêm a distância que as resguarda dos impulsos e da desconfiável intimidade, a sentirem crescer a enovelada conivência antiga, perseverante na envolvência, a comovê-las no susto. E, astuciosa, é Leonor que pergunta:

– *Lembras-te, Tirce, de quando ias à grade só para me veres uns escassos minutos?*

Indefesa, Teresa de Mello Breyner confessa lembrar-se de tudo: dos anseios e das demoras, das fugas e das mentiras, da turvação enganadora. Testemunha da transformação da amiga no ganhar das formas, gostos e gestos de mulher dentro dos fatos vermelhos vestidos para ir à grade participar nos outeiros poéticos, ansiosa por contrariar as ordens de se apresentar de escuro vindas do déspota ministro do Rei D. José. Devastada, recorda-se das tantas doenças imaginadas por Leonor, da sua inverosímil debilidade física no encobrimento das revoltas, dos sonhos frustrados, das tempestades da alma e das angústias devastadoras. Assim como se lhe apresentam nítidas as leituras dos seus primeiros poemas feitos ora na cerca do convento ora na cela húmida durante madrugadas insones, à vacilante luz das velas. Inesquecível o dia em que, por invenção de Filinto Elísio, Leonor se tornou Alcipe.

Na verdade, o que ela teme são as recordações, sem descobrir maneira de dealbar da memória aquilo que a magoa enquanto cruel lembrança: Leonor faltando por cisma ao parlatório, maneira egoísta de nunca se envolver demasiado, esquiva, fugindo para depois se entregar, furtiva. Sofrendo, Teresa rememora a manhã em que o pai lhe comunicara o casamento combinado contra sua vontade com o primo Sancho, conde do Vimieiro, sem ninguém para a acolher na concha dos braços onde pudesse chorar. Mais tarde conhecera a amiga com quem gostaria agora de misturar as lágrimas, mas com demasiado orgulho para tanto; e quando ela por sua vez se casara, temera o estrago que esse casamento fizesse na amizade única que as unia.

Tantos anos decorridos, ali estão as duas de olhos fitos a tentarem desfazer o que mais parece ser a teima de um destino obscuro, empenhado com acinte em separá-las, do que obra do acaso. A insistirem sem êxito no apagamento dos sinais evidentes de ternura, de um encantamento sem disfarce, conscientes de como à sua beira o perfume almiscarado das rosas se intensificara, se adensara. Carmesim e fulgor onde arrulha o travo acre do limoeiro e do carvalho: estonteando-as.

Nimbando de equívoco o entreolhar de ambas.

Uriel

Há quanto tempo me deixaste, me abandonaste na areia ardente onde me deito na praia deserta? Consciente de como a tua ausência sempre me apunhala e mutila, lâmina a revolver-me o peito dolorido, remoendo por dentro da ferida aberta, na febre que provoca, tal como a aragem em brasa deste começo de tarde.

Na grande inquietação desencadeada pela tua ausência soergo-me a procurar-te, no momento exacto em que sais da água lembrando a Vénus de Botticelli na enovelada ondulação do cabelo descobrindo a concha delicada das orelhas, o sol a encher-te de luz o verde denso e mosqueado dos olhos. Ao longo dos teus ombros nervosos e das costas lisas, parecem escorrer cascatas vagarosas de pequenos diamantes, a formarem teias tremeluzentes que descem pelo teu corpo bronzeado: gotas mínimas e lentas como lágrimas, a deslizarem em ti até às ancas estreitas no retomar da queda, a partir das pernas altas que o oceano mal dobou e eu polirei mais tarde com a minha língua, sentindo nos lábios o sal da tua pele dando guarida a novas e inesperadas sombras, odores acres e ácidos e lívidos, que apesar de os conhecer sempre estranho, te estranho no gosto macerado das uvas, na lividez das rosas ínvias, no travo ruivo de pêssego condenado.

Clavículas como asas de anjo.

Beleza cruel a tua, aprimorada pela imobilidade, quando te deténs de súbito, a fazeres-me gemer de desejo num anseio de posse e de textura, que degusto e provo: no fio do metal da língua, na lâmina gelada do olhar, no acerar inesperado da ponta aguçada da ameaça. "Beijar-te-ei sem pressa", penso enquanto me imagino a beber-te o sabor do oceano oculto na morna torpeza da tua nuca. A minha boca descendo em seguida num rodeio indolente, a tornear-te a cintura de cravo, afuselando o travo do teu ventre, para nele me deter numa demora obsessiva, que me impele a descer mais ainda, pela penugem morena, tropeçando ou voando até às tuas virilhas. E aí desfaleço à mão vacilante da vertigem, que o anelo reabre a exigir ser cumprido.

A mesma vertigem que agora me invade ao ver-te emergir das ondas, com aquela hesitação quebradiça de me despertar a ternura, mas que afinal é fruto da perversidade, a encobrir o susto, a insídia, a indizível apetência de negrume; a indiferença distraída com que entras em mim, me colhes e desfolhas enquanto te fito, pois cada vez que me possuis tiras-me, retiras-me todas as defesas – a farpa, a navalha, o cutelo, o faim, e escondes debaixo do travesseiro o veneno com que me injectas quando desmaio nos teus braços. Direito de sedução usado com uma ambiguidade mestiça e revolvida, que de imediato ganha o traço da demência, de uma insanidade recôndita que muitas vezes se cruzam na simulação da entrega, quando na verdade me matas, me enlouqueces, te afastas, partindo e regressando, indo e vindo numa cadência dúbia, para logo hesitares, recuares, voltares a enredar-me, a algemar-me meu amor, com a tessitura do encanto.

Do teu encanto de aprazimento assombrado e obscuro.
Como eu te desentendo aguardando-te!

Agrura onde se aguçam tanto as rochas dos teus orgasmos como as pedras que me atiras e eu aceito, oferecendo-me ao seu rasgão neste emaranhado e dependente vício do teu corpo, à flor do pulso. Obsessão, urgência incontrolada de tocar-te, de arrebatar-te, de raptar-te, adoecendo se me privas da tua presença, da tua preguiça, dos teus vagares, das tuas demoras minuciosas, se me afastas dos teus limites, onde posso tomar-te e no mesmo movimento retomar-me, num acrescentado excesso de prazer, dele me alimentando com uma incendiada sede de vampiro.

E depois soçobrando.
Devorando, minando o teu fulgor.

Um dia hei-de confessar-te como amo as luas das tuas unhas, quanto dependo dos teus longos dedos e me apetecem os teus joelhos, como me excitam os teus quadris estreitos de lápis-lazúli, quanto cobiço o langor do teu hálito de amêndoa, como me sobressaltam os teus tornozelos, quanto aguardo a noite das tuas pestanas a sombrearem-te a face, numa lembrança de flores mascarinas.

Destino ignorado pela tua frieza e indiferença, pois aquilo que nos une é apenas iluminado pelos meus êxtases; pelos meus contraditórios sentimentos, ora vazios de ti ora ameaçados pela tua presença, induzindo-me à escassez e à premonição, ao desvelo, tão depressa ao incêndio como ao degelo, mas sempre relutando diante da simples hipótese da tua perda. Na obstinação de amar-te, na determinação de ter-te, mas também em salvar-me, portanto, em deter-te, em imobilizar-te, em aprisionar-te. Maneiras e modos que me chegam de repente: corda de linho e rendas para manietar-te nos lençóis enrodilhados, na almofada com fronha de linho bordado para sufocar-te no sono sem costura, mancha nevada e ínvia na quentura do quarto, onde detecto o teu suor de goivo no ar estagnado, na poalha dourada do sol da tarde coado através da persiana, no pano, nas paredes, no cristal dos frascos de perfume poisados em cima da cómoda, nos desabrigados recantos obscuros.

Enquanto, no brasido da praia continuo a seguir-te, olhar tenaz a devassar-te à medida que atravessas o extenso areal de Agosto, trazendo contigo os restos do refrigério das ondas; até chegares à minha beira atrasando o andar; atardando-te, provocando-me com a tua nudez simultaneamente delicada e sumptuosa, que exibes num misto de impudor e de inocência. E só tarde demais reconheço o ligeiríssimo sorriso de descuido a roçar o desprezo dissimulado na comissura dos teus lábios cheios, a desafiares-me; repto petulante a que não me esquivo, e só então dou conta do vento frio a levantar-se no mesmo instante em que a incendiada brancura do final da manhã se revolve, te envolve, te nimba e explode, criando – sem que dês conta – uma cercadura de lume à tua volta.

Como um halo.

E eu cego, pelo tanto que desesperadamente me apeteces.

Ligeiríssimo zunido de estio em simultâneo com as vozes que surgem do nada, num corrupio insistente, persistentes na minha cabeça. E em obediência às suas ordens eu vigio-te, eu marco-te, eu persigo-te. Ocultando-me tanto melhor quanto melhor atento na tua imagem, jamais te perdendo de vista, como se em vez de amante fosse detective. E nessa solitária mistura, sigo os teus cheiros, escuto os teus pensamentos, antecipo os teus sussurros e ruídos, avanço na direcção dos teus passos, adapto os meus pés despidos às pegadas dos teus pés descalços.

Soergo-me da areia onde me deito em desassossego, sento-me a tentar descobrir-te e, implacável, estilhaço a leve neblina do calor entornado, e esqueço-me a reparar como flutuas quase dormindo no mar tranquilo que te atordoa e puxa, a fim de ir entregar-te à perdição das ondinas ou das sereias; cântico do qual acabas por te afastar, relutante mas ágil, a esgueirares-te pelas nervuras da espuma e as lacerações dos seixos, para surgires mais adiante em contra-luz: corpo esguio, terno e hesitante, fazendo aumentar sem piedade a minha sede de ti, o meu desejo. E quando te deténs sob a claridade ambígua, dou conta da rebentação de vagas miúdas – numa ondulação mordida – entre as tuas coxas delgadas, simulando esquivarem-se a tocar o teu velo espesso, do qual conheço o odor intenso: a bosque, a madeira verde e a beladona esquiva.

Equívoca.

À noite implorar-te-ei: "*Vem, minha rosa da Índia...*" – paixão da minha paixão, que a ti te aperfeiçoa e a mim me derruba; me empurra na demanda de tudo por tudo de ti querer demasiado: "*Nunca me abandones!*" – rogo-te em seguida, na certeza de estar a acontecer o contrário; fingindo submeter-me, dar-me, entregar-me para melhor litigar, procurar o poço do teu fundo, à descoberta das tuas catacumbas e cisternas, dos teus escombros, das tuas fundações e caves escurecidas, obscurecidas, sem impedir a sofreguidão, já a impelir a dureza vingativa que me incita a armar-te ciladas, a usar armadilhas para te aprisionar minha raposa prateada, meu lobo desalmado e faminto.

Minha caça.

Tu deslumbras-me e metes-me medo pelo imenso poder que manténs sobre mim, abrigando-me e apartando-te, recolhendo-me e largando-me, com uma futilidade caprichosa, cruenta, amando-me para logo me negares. No esquecimento de como a minha antiga natureza geniosa me leva à rebeldia e à desobediência, à ruptura na pressa de desprender-me, de libertar-me, a ganhar terreno para melhor me esquivar, desatar os nós corredios que deste na minha sorte, mapa de traições e clausura. A iludir a avidez pela tua magreza, pela tua lividez sombria, pela tua doçura de madressilva, pelo bistre das tuas olheiras e do teu cansaço, que ao apaziguar-te afinal te expõe e cede às escarpas íngremes da minha cobiça, acabando por te tornar objecto único da turva tentação do meu anseio.

Neste delírio, nesta alucinação, nesta desordem, neste rancor acrescido.

A apropriar-me de ti através da morte, por não poder fazê-lo através da vida, enquanto te amordaço, te ato, amarro a nudez do corpo que lavo e aliso, embalo e acaricio.

Exigente.

Porque não pretendo somente a temperatura da tua pele, a tua carnação toldada, o licor da tua saliva, a melancolia de seda das tuas pálpebras, a ogiva das tuas lágrimas, a tua insustentável tristeza, a leviandade dos teus sonhos, a essência da tua nostalgia.

Numa ambição desmedida, quero as tuas veias, a haste do teu pescoço quebradiço, a respiração opressa, o carmesim da romã do teu ventre; quero a imobilidade dos teus pulmões, a tua respiração silenciosa mas indócil, o rubi derramado do teu sangue, o sopro vago da tua pulsação; quero a precariedade mórbida dos teus testículos, a rudeza almiscarada e para sempre aquietada do teu pénis.

As tuas asas.

"*Dorme, minha orquídea brava*" – murmuro em surdina, quando sem tremer deponho na palma côncava da minha mão o teu coração inerte. Com as suas pétalas escarlates, as suas folhas de carmim, os seus estames rubros, as suas raízes de salitre. Um coração quebrado, que acabo de te arrancar do lado esquerdo do peito pálido, um coração por mim cortado cerce, simetricamente cindido

em duas meias partes.

A princesa espanhola

"*Brujas!*" grita, fugindo por entre as áleas do Palácio de Queluz, a tentar escapar de uma nova audiência ou de mais uma missa; tantas as cerimónias oficiais quantas as missas diárias, as multiplicadas contas de ouro marchetado do rosário com esmeraldas e cruz de marfim, opalas e ametistas vermelhas, presente do príncipe D. João seu noivo à chegada dela a Vila Viçosa, cabeceando de sono e exausta da longa viagem pelos acidentados caminhos de Espanha.

Rosário que Carlota Joaquina se vê obrigada a rezar todos os fins de tarde, enfastiada e distraída no bocejo, deslizando-o por entre os dedos pegajosos, lambuzados de chocolate ou doce de leite comido à socapa, a quebrar com gosto o jejum das sextas-feiras imposto pelo padre Filipe Scio de São Miguel, da sua comitiva para Portugal. Confessor de quem, astuciosa, esconde os maus pensamentos, os ardis, as mentiras a que recorre sem se culpar, e também a incontrolável repulsa que tanto lhe desperta a tacanhez da Corte Portuguesa quanto a extremada feiura do marido que lhe fora destinado ao fim de dois anos de negociações entre

Lisboa e Madrid. Casamento realizado na Real Capela da Ajuda, a torná-la princesa da Beira.

Tentando resistir à solidão e ao sentimento de rejeição, ao temor de se ver entre desconhecidos, sem mãe nem afecto nem pátria, deixa-se crescer na raiva, a aboborar ressentimentos e rancores em relação a todos e a tudo. Depressa se apercebendo de como o uso da agressividade e da desobediência, o infringir ostensivo de ordens, o negar-se às habilidades cortesãs, a costumes, regras e etiquetas, desperta nos outros primeiro a surpresa, depois o desconcerto e em seguida provoca o caos à sua roda, nele achando-se por fim agasalhada.

Deleita-se a infanta com o extremo prazer tirado desse sistemático semear de confusão e desorganização espalhafatosa: espaço vazio onde se isola, expondo defeitos e carências de criança mimada e caprichosa; na recusa de aceitar domínio ou conselhos, chegando a exibir descarada os próprios defeitos, as malfeitorias, os ostensivos desleixos: as cicatrizes das bexigas recentes, a boca gretada de cieiro, as unhas de amêndoa a deixarem ver o sabugo e sujas de terra, pelo costume entretanto ganho de cavar buracos nos canteiros dos jardins, neles escondendo os ganchos, as agulhas, os dedais, as tesouras de prata das inquietas fidalgas vigilantes. Partidas pregadas com a intenção de passar o tempo que por ali se espreguiça ocioso, com vagares de torpeza.

"*Brujas, brujas!*" clama, saltando vedações de dálias e narcisos, conseguindo rápida e ágil atingir – apesar de o vestido tufado lhe embrulhar os movimentos e tolher a corrida – o maciço de loureiros que fica para além da ponte, já depois da Casa da Música, à entrada da Matinha, com as suas copas frondosas de verdura sob as quais se resguarda dos olhares persecutórios de quem pretende arrastá-la de regresso às fastidiosas obrigações: recepções, visitas aos conventos, missas, terços e novenas impostas pela Rainha D. Maria sua sogra, horas intermináveis passadas quieta e hirta na escuridade espessa do levedado silêncio das igrejas, das capelas e dos oratórios reais, nauseada com os olores, os miasmas crescidos na crispação das sombras. Algumas delas a partir das minas, dos açudes e dos lençóis de água, içando-se, trepando, a marinhar pelas paredes, evitando a menina pisar as lajes do chão debaixo das quais imagina os insectos, as larvas, os ossos de cadáveres sepultos.

À noite fantasia vampiros, lobisomens, demónios a espreitarem pelas frinchas das pesadas portas da sacristia e das mofentas cortinas semicerradas dos confessionários, dos recantos esconsos, no cimo das polidas escadas de madeira loura e escorregadia do coro ovalado do Palácio, pressentindo o medo por enquanto tolhido a querer soltar-se e espalhar-se a esmo, confundindo-se com os cheiros na sua textura difícil de suportar: odores intensos a incenso, a verdete, a suor retardado e azedo, à pestilência das velas de sebo que entornam as lentas e grossas lágrimas amareladas ao longo dos candelabros a alumiar as talhas. Pousados diante das imagens dos santos mártires magoados, feridos e sofredores, em cima das alvas toalhas de altar onde ela fixa o olhar ladino, ruminando em surdina: "*No me gustan los santos, no me gustan los santos, no me gustan los santos...*"

E ao sair do outro lado da mata fresca, Carlota Joaquina apercebe-se da luz a brincar-lhe nos olhos de azeviche, encandeando-a agora que parou, para seguir no sossego do passo miúdo, sapatinhos de cetim bordado a pérolas e lantejoulas que cintilam à claridade arrebatada da manhã.

Sabe bem como trocar as voltas às aias, às açafatas, às camareiras portuguesas que desajeitadamente lhe vão no encalço, enquanto ela deixa para trás riso e insultos lançados numa mistura embrulhada de português e castelhano, falsas pistas de laços trespassados e de rendas estilhaçadas a balouçarem nos agudos espinhos das roseiras de rosas pálidas matizadas de rubro, a cabeleira empoada, semeada de esmeraldas, os braceletes de diamantes atirados para longe, pedaços de seda e cetim do vestido presos na casca poeirenta dos limoeiros doces, onde se encosta a tomar fôlego. Demora a que se dá ao luxo, em desconcerto com a pressa que parece levar nem ela sabe para onde.

"*Brujas, brujas!*" repete numa ladainha perceptível a custo, palavras sibiladas por entre os dentes miúdos e os lábios finos cerrados de raiva. E ao parar para tomar fôlego cruza as mãos atrás das costas – sem a graça nem a afectação em que os mestres de etiqueta do Paço teimam em iniciá-la –, sentindo aí a dureza fria da madrepérola dos botões, ajustando ao tecido o corpo magro de menina nervosa; nozinhos de fita dados até à cintura cingida por uma larga faixa decorada com a chama dos rubis, na tentativa de fazer sobressair as ancas que a infanta de dez anos tem de ossos delicados, formando uma mansa e estreita bacia, de onde partem as pernas esgalgadas, magras e altas, que mostra ao montar a cavalo escarranchada à maneira dos rapazes, ou a escapar como neste momento, arrepelando as saias sobrepostas e os saiotes de goma com as mãos marcadas pelas frieiras do inverno.

Volta a correr, evitando as treliças de miosótis e goivos, parecendo-lhe experimentar já, na penumbra da nuca coberta por caracóis negros, o hálito escaldante da sua camareira portuguesa D. Helena de Mascarenhas, sopro áspero temperado pelo perfume a gardénia que sempre antecede a bela e gélida condessa de Lumiares.

"*Non me pegan!*" – desafia enquanto se esconde, galga e esgueira por entre os cedros e os plátanos, empurrada pelos gritos das perseguidoras já cansadas. A elas juntaram-se algumas das suas damas espanholas, e Carlota Joaquina julga mesmo reconhecer o fio de voz da açafata D. Emília O'Dempsy e, mais alta e descompassada no tom de falsete, a de D. Anna Miquelina, encarregada por D. Luisa de Parma, Princesa das Astúrias, de em carta semanal lhe ir prestando contas do comportamento da princesa da Beira sua filha. O que D. Anna Miquelina cumpre de boa vontade e consciência tranquila, relatando dela as impertinências, testemunhando cada um dos desaguisados, entrando na minúcia das desobediências, das rebeldias. Não se esquecendo dos desprendimentos, do desaprendido conhecimento das Sagradas Escrituras e das boas maneiras, substituídas pelas indocilidades e as insolências.

Relatos que depressa se tornam mais diário do que cartas e menos diário e cartas do que queixas, intrigas, insinuações, queixumes. E por tudo isto a menina a afasta, a odeia, lhe dificulta a vida naquilo que pode.

Curva-se então para a frente Carlota Joaquina, a sumir-se por entre a murta e o buxo aparado, estremecendo ao sentir a dureza da gravilha a magoar-lhe os pés delicados e a queimadura dos acerados galhos dos arbustos ao roçarem-lhe a pele morena do rosto afogueado, dos pulsos fibrosos e titilantes onde as mangas se desviam. Para logo se endireitar suspeitosa com o repentino silêncio talhado em redor, numa espécie de círculo que lhe permite escutar com nitidez o rumorejar dos ulmeiros, do rosmaninho e da madressilva, a queda translúcida da cascata grande, o ácido som das fontes, dos repuxos, o rugido surdo das feras enjauladas.

No entanto, acima destes zunidos de cristal e lágrimas retidas, do único toque do sino a dar a sexta das horas canónicas, impõem-se os gritos profundos da águia-imperial que todos os dias àquela hora sobrevoa em círculo o Palácio de Queluz, antes de se ir, em busca de caça. Por escassos momentos ela torna a subir e fica planando a evitar as correntes do vento, para num repente se perder na lonjura do céu de um azul quase branco de esplendor, que perto do meio-dia se torna abrasado.

Mas naquela manhã a infanta pára a olhá-la.

Inveja-lhe a liberdade, a força harmoniosa das grandes asas quase quadradas; penas castanho-escuro, lustrosas, manchadas de um branco cremoso na coroa, cauda comprida e arguto olhar cinzento pontilhado de verde. Implacável na busca das presas que mata sem hesitar, com um só golpe certeiro: bico adunco e cruel, amarelas garras afiadas que se cravam sem dó nem piedade no dorso dos animais incautos e descuidados.

Altiva liberdade espraiando-se nas alturas do sol. Apoucando a infanta que por chocante contraste se vê a rastejar agachada junto das humidades do solo revolvido, das pedras musgosas, das lianas e das raízes onde tropeça, das pétalas e das corolas apodrecidas pelo orvalho da madrugada, que a temperatura fraca do início da Primavera não secou.

Por momentos a águia-imperial simula imobilizar-se na bruma ligeira já deslassada, a observar a menina que de cabeça erguida, esquecida das fidalgas perseguidoras, por sua vez a fita lá de baixo: olhos cegos de luzimento, braços débeis de veias palpitantes, erguidos a pretender abarcar o espaço resplandecente, numa incontida mas impossível vontade de voar. E quando ela supõe ter conseguido finalmente captar a atenção da águia, esta aproveita a brisa rutilante a fim de ganhar velocidade no voo em direcção à serra de Sintra.

Ao perdê-la de vista Carlota Joaquina cambaleia, empurrada por uma inesperada dor: punhal de lâmina empurrada sem misericórdia no seu descompassado coração de criança, tomado por pressentimentos ruins. Mas só quando julga estar a desaparecer dentro de si própria a princesa se sobressalta.

Transfert

Com a tua placenta
quieta

Ficas aí atrás
apenas
como quem escuta

As flores a crescerem-te
pelo avesso
         da fala

I

Dispo o casaco, deito-me. E o silêncio cai como sempre, dependente de mim.

Primeiro deixo as mãos sobre o ventre, para logo as subir ao longo dos braços até aos ombros, e mais acima ainda, passo-as pela cara, pelos olhos e lentamente começo a falar; a retirar, a puxar pelo avesso do corpo, da minha cabeça, pelo dentro do antes: antes da memória na busca da memória, a deixar a memória vir ao de cima, imagem a imagem, episódio a episódio, personagem a personagem, da minha história pessoal.

Como um puzzle.

Começo a esticar o fio, a descer por ele. A mergulhar, sessão após sessão, mais fundo, mais fundo, mais fundo... até onde nada se reconhece, mas onde pouco a pouco já se vislumbra, ressuma, se entreabre, se descortina,

a perceber que tudo, afinal, já me era conhecido.

Durante dias desejei viver só, enroscada no meu próprio calor, em silêncio, bebendo leite. Só leite. Dormindo sonos profundos, de onde regressava encharcada em suores.

Sem nenhuma memória.

Deitada de costas.
A mãe deitada de costas na cama. A descansar, imagina. Antes do jantar, antes de se arranjar para o jantar. Os cabelos louros em ondas largas escorregando no tecido cor-de-rosa do robe. A pele de uma extrema palidez sublinhada pelo tom violento do bâton vermelho. Os olhos de um azul de louça pintada à mão, semicerrados.

O robe entreaberto deixa antever as coxas fechadas; as pernas cintilantes nas suas meias de vidro, esticadas pelo cinto de ligas de renda preta.

A criança espreita pela frincha da porta a mulher deitada na cama.

Dá um passo incerto no quarto devorado por um crepúsculo ambicioso e voraz. Sem largar a maçaneta de porcelana branca, dá um pequeno passo no quarto, braço torcido para trás, lábios fechados a controlarem a respiração silenciosa.

No toilette à sua direita, dois espelhos multiplicam-na, quase curvada, uma imagem convergindo, repetindo-se uma na outra, a reflectirem a mãe deitada, e ela que a espreita:

ávida.

Ávida, dá outro passo incerto, tropeçando num dos tapetes rosa-velho, pousados de cada lado da cama Arte Nova, envernizada, e de susto solta um curto silvo, a saliva humedecendo-lhe os lábios de súbito entreabertos. Pára. Espera, olhos fixos na imagem da mulher, multiplicada nos espelhos da cómoda, onde os perfumes se aquietam nos seus frascos de cristal burilado, num odor doce-acre a madeiras, que conhece de cor.

Estremece. Um manso arrepio a percorrer-lhe o corpo franzino, que aperta entre os braços cruzados. E um suor morno começa a nascer-lhe nas axilas e nas palmas das mãos, no côncavo da nuca.

Nos espelhos, a mãe dorme.

Repara nas suas pálpebras descidas e estende um pé cauteloso, avança mais um passo e pára. Avança e pára de novo, e de novo, respiração outra vez retida. O olhar sempre fixado na mulher de costas voltadas para as imagens de ambas reflectidas nos espelhos, juntamente com os últimos reflexos de uma luz diluída já sem cor, a rasar a tampa de prata da caixa de cristal do pó-de-arroz, e a borla de nuvem esquecida sobre o toucador.

Leve.

Aproxima-se lentamente dos pés da cama.

Como uma sombra.

Absorta. Será correcto dizer absorta.

Sob a colcha a mãe mexe-se, os dedos da mão direita a aflorarem um dos seios, os joelhos mais subidos, unidos junto ao ventre liso.

"*Ela dorme*" – tem a certeza disso. Agora tem a certeza disso e chega-se mais.

Mais.

Os cabelos pesam-lhe nos ombros. Atira-os para trás num movimento único e harmonioso, que não quebra a intenção do seu andar inexorável na penumbra do quarto.

O seu vulto confunde-se quase com a sombra dos móveis. Tal como o vulto da mulher na cama, a anular-se naquele princípio de noite ainda doce de Outono.

Protegida pelo escuro, contorna os pés da cama.

Mansa.

Furtiva.

Contorna os pés da cama, ficando de frente para a mulher deitada. Quase junto dela, das suas compridas pernas magras, dos seus joelhos mansos e em repouso, sente o macio sedoso do cetim da colcha. Levanta a mão direita como se fosse tocar nas coxas ou nas ancas da mãe, mas logo recua; depressa, num movimento quase convulsivo. De dor. Porém, aproxima-se mais ainda do seu corpo, boca aberta como se prestes a soltar um grito, a fim de quebrar, a desejar estilhaçar a respiração solta da mulher, que começa a tomar volume no quarto. E ela escuta-a. Atenta. Como se a vida dependesse daquele som quase imperceptível, irregular: por vezes quase queixoso. Deixa que as pernas se verguem e de cócoras fica por momentos assim agachada.

Esquecida?

Quem estivesse atento, porém, veria que lentamente ela vai deslizando até ficar sentada; melhor será dizer ajoelhada sobre o pequeno tapete oval, que sente escorregar na madeira encerada do chão: um dos joelhos no frio do soalho, o outro no macio quente da lã.

A ouvir.

Apenas a ouvir a respiração regular da mãe, adormecida à sua beira.

Indefesa.

Com a face encostada a uma dobra da colcha, os olhos abertos, a criança toma conta da mãe.

Acocorada.

II

A toalha ensanguentada
da tua
    menstruação

Memória acordada
pousada
a um canto do quarto.

Tanto.

Miseráveis dias de passagem sem textura nem história. A recuperar a memória à procura de mim mesma. Oscilo. Um rochedo imóvel no lugar do coração. Observo-me. Calo-me e logo depois volto a falar-te, pelo lado do rompimento do peito.

O que fazer deste sentir, pergunto-te; e de tudo o que vou descobrindo aqui deitada num divã anónimo.

Em casa, a gata dorme enroscada no sofá. Tudo está silencioso. Nada se move.

Todo o gesto é simbólico.

Uterino?

Não, nada sei pelo lado do susto ou da ferida. Mas do sonho, do suspeito turvo, da ressurreição, neste percurso de mulher, feito em comum contigo aí atrás.

Não, não te quero saber pelo lado do uso ou da loucura. Mas do embalo e do manso. Pelo lado do silêncio, do teu silêncio profundo, por onde me iço até chegar ao teu colo.

Inacabada.

A menstruação, o útero; o tempo lunar das mulheres como marca, descida dos sangues pelo interior do seu corpo feminino.

Encaminho as mãos na direcção do púbis, e conto-te das criadas que dormiam na cave, como se fosse uma caverna ressumando bolores, relembro o tecto fendido, as enxergas imundas, à mistura com a roupa pendurada em cordas grossas, quando chovia. No quarto ao lado, o carvão cobria metade do chão, paredes gretadas, enegrecidas de humidades a escorrerem em espessos regos, ao lado dos pequenos alguidares de alumínio, onde as criadas afundavam na água os panos "do período", como elas diziam entre si.

Fascínio.

O sangue a soltar-se dos panos e a contaminar com o seu visco, com o seu carmim, a água estagnada, formando no cimo uma curta espuma vermelha. Curvo-me um pouco para ver melhor as pequenas bolhas sanguíneas em torno dos panos manchados; debruço-me ainda mais e já de cócoras fico parada a olhar, presa daquele sinal uterino de princípio do mundo.

O interdito,
o lado oculto da mulher, vindo da boca do seu corpo. Cheiro aquele acre-lacre diluído pela água, a fazer crescer a saliva na língua, que passo devagar pelos lábios secos. E levanto-me assustada quando uma das criadas desce a escada de pedra lisa, gasta pelos passos ao longo dos anos, a ralhar-me em surdina:

– *Ai a menina! Que vou contar à sua mãezinha...*

E eu fujo envergonhada do seu olhar trocista, de quem não percebe nem do interior das coisas, nem da sua fundura. Precipício que aqui deitada no divã do teu consultório, tento encontrar por entre as penumbras do tempo.

Conto: *"Fazia grandes frascos de menstruação, esmagando na água pétalas de flores vermelhas, goivos, sardinheiras e rosas púrpura"*.

Desse modo a tornar-me mulher antes da hora, recolhendo-colhendo e inventando os sangues femininos em frascos largos, como se fosse compota de tomate ou de pêssego que a minha avó fazia, ou então em garrafas, como se fosse vinho ou elixir; também em frascos estreitos e dourados a simular perfume.

Odores de útero que eu detectava: narinas abertas, tremendo, apercebendo-me do rasto acre das águas sanguinolentas, matizadas pelo cheiro do carvão e da pedra das escadas da cave, azedado pelo ácido da cal das paredes carcomidas.

Tudo isto revelando-me o mundo.

O mistério que as mulheres escondiam debaixo das suas saias: o tudo.

Com que perplexidade aqui estou deitada, tomando pouco a pouco da memória o seu poço, fundura onde bato com os pés para voltar à superfície e respirar. O sobressalto agarrado à pele. Deixo as mãos tocarem os cabelos e em seguida a cara, o corpo estendido, liso e macio, contigo aí atrás na tua posição de escuta.

Pastora das minhas palavras.

Contigo atrás de mim, na posição de ouvires, e quem sabe a chegares perto, através do silêncio obstinado que guardas. No caos. E eu bato com os pés descalços no fundo e regresso para respirar no cimo, aí onde tu estás. Conheço o ruído da tua respiração, tão perto que nem preciso de me voltar para adivinhar a tua boca, a desenhá-la na cor e no quente, e assim posso recuar e recuar contigo à minha beira, pronta a agarrares-me na queda, apesar de jamais me impedires a vertigem, onde tanto ódio se assemelha ao tanto amor e eu a reconhecê-los de faca e fio de lâmina, raramente linho.

Mas à tua margem posso. E por isso falo e torno à cama da infância, cama aqui trocada pelo divã, num fim de manhã

ou início da tarde, sozinhas nesta longuíssima viagem: crueldade e aventura após aventura, queda de água e parapeito de onde me debruçam,
    penduram.

E já no final das sessões retrocedo, parecendo fugir por não aguentar mais, enquanto desço a escada aos tropeções até chegar à rua, aturdida com as minhas memórias – história nas mãos sem nada,
    e por vezes pergunto-me, pergunto-te:
    o que vou fazer agora com tudo isto que descubro?

Quando a mãe se foi embora, saiu de casa e nunca mais voltou, a menina começou a ter medo de dormir no escuro.

Chorava baixo, soluçando no côncavo da mão, temendo os pesadelos e acabando por ir, já madrugada alta, para a cama da avó; até que esta optou por se mudar para o quarto dela, camas encostadas e mãos dadas, tal como a mãe fizera com ela mal saída do berço, cama posta a seu lado para assim se poderem amparar durante a noite, naquele macio de dedos a aflorarem os pulsos. Com a avó era diferente, muito mais aspereza de velhice, mas melhor sossego.

Uma madrugada a criança acordou, ainda escuro, e a mão na sua era de gelo. Instintivamente soergueu-se para tentar ver-lhe as pálpebras de pergaminho delicado, numa aprendizagem de esmero, e no escuro esfiapado pelo luar derramado pelos vidros das janelas, fitou-a na sua pequenez magra, cabelos brancos soltos na almofada baixa. Mas ela estava com os olhos de um azul-goivo muito abertos, fitos no vácuo, a boca escancarada, o rosto lívido.

De cera.

Tentou tirar a mão de entre os seus dedos hirtos, sem conseguir soltar-se. E quando, apavorada, finalmente se desamarrou da avó, a gritar sem som nem nenhuma palavra, no sobressalto saltou para o chão e correu descalça para o corredor devorado pela escuridão, como se dentro de uma cisterna.

Com a voz tolhida pelo medo corria sem finalidade, pois quando chegava ao fim do corredor voltava para trás, tornava a ir e a regressar de ponta a ponta do negrume, tropeçando no próprio passo corrido, com todo aquele gelo ainda nas mãos e na alma, aquele nó apertado no peito a sufocá-la, aquela pedra para sempre no lugar do coração, de menina abandonada; sendo já a loucura, insidiosa, a tomar conta dela.

Nessa época espessa da sua infância, a criança cumpriu muitas vezes a loucura: a sua no disfarce, e a da mãe abandonatória, que ela vira ser duas vezes internada. "*A tua mãe é uma maluca*", gritavam-lhe para a agredir, e ela nunca percebera se a mãe era apodada de maluca por ter fugido com um homem, ou por ter estado num hospital psiquiátrico,

olhar perdido a bordejar a lonjura.

Isto passara-se na quinta do avô materno, em Loures, para onde fora viver com o pai e as irmãs. Lugar de perdimentos e pesadelos, a desacertá-la consigo mesma, a castigar-se a si mesma, numa pressa raivosa a mordê-la por dentro, amordaçando-a, condenando-a: prisioneira dos tanques cheios de água estagnada, por onde os insectos velejavam nas bordas da descosura, carochas enormes e escuras mergulhando, enquanto as tesouras e outros pequenos animais com asas transparentes corriam no cimo dessa água grossa e ameaçadora, sem nunca fazerem subir o lodo do fundo.

Havia também as cavalariças, com um intenso cheiro a suor, a mijo, a esterco, a feno e a palha mudada todos os dias. Onde por vezes adormecia, guardada pelos cavalos que jamais a pisaram ou derrubaram, corpos febris aos quais encostava a face em busca do afecto, da ternura possível. Crostas de porcaria nos braços esqueléticos, nos pulsos estreitos e nos calcanhares, no pescoço e nas pernas esgalgadas, que ela coçava, esgravatava até sangrarem.

Há muito que deixara de se lavar.

Consciente da perda.

Dos desconcertos da queda.

Dos medos: da escuridade, da capela vazia da casa enorme de dois andares. O corredor longo e obscuro com o terraço ao fundo debruçado sobre as copas frondosas das árvores lá em baixo, impedindo a vista para o grande tanque de pedra vermelho-tijolo, ensopada de líquidos viscosos, lugar de animais mínimos, a viverem nas suas fissuras e frinchas.

Com o fio do sobressalto a ligar tudo isso,

numa amálgama assustadora, que a criança recusava, mas a fazer já parte do pesadelo que passara a ser a sua vida a partir do abandono da mãe e, um mês depois,

da morte da avó.

Muitas vezes enovelo-me e julgo ser eu a minha própria escuta; de onde te oiço os joelhos quase juntos, atrás de mim. Seguindo os ruídos que surgem do teu voo rasando o infinito, por mais que estejas oculta no teu imenso silêncio de analista,
mãe primordial,
eu a respirar as tuas asas escondidas, as tuas pernas unidas, mãos entrelaçadas no colo, e sem que dês conta algumas vezes fujo – perturbo-me e esqueço-me de tudo; e o nada então é memória, pois nem o antes é mais longe do que quando me escutas expectante, guardadora das minhas palavras.
Pandora, julgo adivinhar-me dona dessa caixa mal fechada: espécie de caixa de música com o fito de esconder o que de transgressor te digo, colocada diante dos teus olhos, pois exposta te espero, de carinho e mão que nunca chegam. Calo o meu brilho e afirmo o teu, de lua acesa ou de luz cintilante e foz de rio, por onde estarei pronta a descer, a descer, indo até à nascente dos alicerces de tudo, lugar onde mulher que-

rerá dizer na verdade o começo do mundo, perturbação e mãe, ela mesma continente do primeiro corpo,
de primeiro silêncio e obscuridade, dos desejos ínfimos. Mais tarde descobrindo eu tanta perda e tanta fuga e dor daninha, e por isso me ponho a falar, deitada no divã, enquanto tu ouves as minhas memórias dobadas, tecidas, crescidas com a raiz das lágrimas na correnteza dos ventos. E por isso digo, me repito e mostro, descubro e cresço, debruço-me num abismo sem fundo nem matriz.
Minha imagem em busca de si mesma.

III

Tens os olhos brancos
da memória

os olhos
        brandos

Debruçados nos narcisos
das águas interiores

Conto-te os meus sonhos. Escrevo todos os meus sonhos, como se fossem histórias inventadas.

Falo-te: falo-me.

Reencontro-me aqui deitada neste útero reinventado, diante desta minha outra expressão oral. Discurso que se adensa ou se esgarça conforme os dias e o confronto com a dor.

Conforme a tua invisível mas tão perceptível atenção. Escuta. – A tua escuta das minhas palavras.

Encosto-me à mesa. Cambaleio. Tento manter-me de pé nas minhas falsas pernas de metal.

Desde a cintura, de metal.

Até mim chega um sol amarelo, ralo, que me faz reparar melhor no meu rosto. Do tom do sol. E a prótese possui o brilho de uma armadura. Vejo-me adquirir um equilíbrio que jamais imaginaria ganhar. Mas, pouco a pouco, um sentimento imenso toma forma, vejo-o mais do que o sinto, adivinho-o na expressão da minha própria face.

Medo?

E aquilo que se está insinuando na minha pele corre já no sangue: a consciência da perda do prazer, da vulva, da vagina – penso – do clitóris. E a minha mão desce tacteando. Dos seios ao ventre, detendo-se na passagem imediata para o metal frio, liso, perfeito; a mão apalpa, mansa: primeiro as pernas hirtas, em seguida sobe e insinua-se entre as coxas: metal fechado aí também.

Acabou-se o prazer – sei. Mas continuo de pé, inclinada sobre a mesa, neste sonho que só agora te conto.

Cambaleio.

Tento andar, embora saiba não ser isso que interessa, devido ao meu desespero, diante de uma indizível perda muitíssimo mais profunda.

Teimosamente.

Mergulhada naquela ambígua luz de águas uterinas.

IV

Que mulheres
são estas
que bordam como as rosas

Como se fossem
orgasmos

A ponto-pé-de-flor
do clitóris?

Elas estão colocadas como se fosse à boca de cena. E olham-nos a nós que as olhamos do lado de fora. As duas totalmente nuas, supomos, embora nos mostrem somente os ombros, os braços, os pulsos e os seios subidos – adivinhando-lhes nós, porém, os púbis curtos e densos, os seus ventres ligeiramente côncavos.

Elas estão colocadas como se fosse à boca de cena – numa tina, dizem, em pose de balcão – a da esquerda estende a mão e agarra ao de leve com a ponta dos dedos o bico do seio direito da outra, unidas deste modo pela lonjura do junto. E fitam-nos a nós que as fitamos do lado de cá,

as duas à flor da tela, silenciosas, hirtas, aparentando uma tranquilidade intuída por quem, pouco atento, reparar nelas. Mas não por quem, ao vê-las, se aproxime esquecendo os fusos do tempo, a querer assumir a memória intacta, o recordar exposto naquela tela pintada, imaginada pelo artista desconhecido de quem os séculos cimentaram o anonimato. A desejar-se tocar aqueles corpos macios e ardentes até à

tensão na sua chama inquieta, num clima malsão e inquinado, até à fusão com o desconhecido.
O esquecido.
Elas estão como se fosse à boca de cena. A da esquerda a tocar ao de leve o mamilo erecto da outra, num recado mudo que os séculos não descodificaram, não revelaram mas também não danificaram; gesto perturbador de quem tacteia ainda antes de prosseguir, de referir um desejo sem regresso. As duas quase iguais: rostos semelhantes, seios idênticos, púbis por mim imaginados e na realidade encobertos, mas até onde poderia apetecer subir a boca.
Até nós mesmas.
Resguardo de ti própria?
Diante desta identificação, deste entendimento de fundura e raiz, deste conhecimento preciso dos seus cheiros, perfumes obscuros, insidiosos, torpes, indo aninhar-se, harmonizar-se na mornidez das nucas, dos pulsos daquelas que há muitos séculos atrás foram:
"Gabrielle d'Estrées e uma das suas irmãs",
a perturbarem ainda hoje quem inesperadamente as encontre, tal como me aconteceu, cativando-me com a sua estranheza ambígua, tela pendurada numa das paredes do Museu do Louvre, rodeada por uma espécie de silêncio recolhido, turvado na própria luz. Detenho-me diante deste quadro, tentando descortinar o estranho universo que nele nos está a ser sugerido; como se eu tivesse o dom de observar a mão do homem que as reinventou, as pintou, as eternizou, fazendo-as agora ressurgir a partir da realidade, atribuindo-lhes corpos estranhamente semelhantes na sua impossível similitude.
Falsamente vivos e quentes,

e só então reparo na respiração suspensa ou mesmo inexistente daquela que é tocada-apontada, dando-nos desse modo a ver a outra que toca como se a apontasse, ligeiro sorriso irónico mal lhe aflorando os lábios rosados, mais parecendo querer assinalar a proximidade da morte da irmã, a boca e a pele desta a ganharem já a lividez de cera de um círio de missa cantada.

Requiem.

E diante de ambas fico esquecida, olhando-as, acompanhando-as até à própria inexistência de hoje. No entanto, a supô-las por momentos vivas e aplicadas no exercício da astúcia e do ardil, enquanto me vou esquecendo de tudo o mais, ali imóvel, só me afastando a contragosto, quando o crepúsculo começa a invadir o fim da tarde,

presa daqueles graciosos gestos ostensivamente enigmáticos: dois dedos de uma a agarrarem o bico rosado e duro do seio direito da outra, Gabrielle amante do rei Henrique IV de França, por sua vez parecendo querer mostrar-nos um misterioso anel de ouro com uma inquietante safira encastoada. Olhar distanciado dos próprios actos, praticados sem nenhuma emoção, a atenção pousada apenas no pintor que lhes deu forma e eternidade,

para além delas próprias.

Antes de partir torno a examiná-las, uma após outra,

cada qual empenhada no seu jogo ousado, que as colocará à beira do abismo, pois creio entender haver ali a sombra de um crime, que nos está a ser denunciado em antecipação.

Equívoca e perversa maneira de precipitar um acontecimento que só o futuro delas contará, conterá veneno sem antídoto possível.

E já perto da saída, viro-me,
volvendo mais uma vez os olhos para as duas.
Fascinada.

Como tornar a descobrir o paraíso perdido.
Refúgio?

V

Cheiravas de súbito
a plantas...

Vaginais

A tua mão.
Poder apertar a tua mão na minha enquanto falo.
Contei-te daquela outra mão que agarrara, encontrara insidiosamente enfiada no bolso do meu casaco, no escuro do cinema, teria eu uns dez anos. Mão de pedófilo, predador, que prendi na minha, aterrada mas sem a conseguir largar.
Mão de homem desconhecido pela primeira vez na minha, como uma intromissão, uma violência, uma ameaça.
Falei-te também da primeira mão, a da avó, mas sobretudo a da mãe, tomada-dada à minha durante o sono, perdida e nunca mais reencontrada até hoje.
E o meu corpo treme deitado no divã, sem defesa perante a inquietação que me causa a memória daquilo que começo a contar-te:
"Estendo os dedos para a tua perna ao lado da minha, na obscuridade do automóvel. Estendo os dedos, a medo, o coração alucinado, a respiração sobressaltada; como que suspensos, os meus dedos pousam ao de leve no tecido das calças, a sentir a calidez da tua coxa, e logo depois a tua mão

sobre a minha a deter-me os dedos que apertas nos teus. Tão suavemente, que quase me pergunto se não estarei a inventar tudo,
    enquanto continuo devagar a acariciar-te o pulso e a palma da mão que pretendo descobrir com a minha, as unhas a deslizam na tua pele que aprendo ser macia e firme, tal como os teus cabelos negros com aquela longa mancha branca de alto a baixo; tão estranhamente pesados e espessos ao olhar, os teus cabelos e tão suaves ao tacto, tão soltos a tocarem-te os ombros. E assim atravessamos a cidade, ligadas em silêncio, enquanto os outros falam à nossa volta e eu não escuto, nem me pergunto o que faço sem te olhar sequer, receosa da verdade que possa descortinar na interrogação do teu olhar sedento e da minha resposta equívoca, esquiva. Bastando-me o secreto, o clandestino acto dos nossos dedos, entrelaçamento e nó doendo na sua única presença una.
    Centro do mundo,
    naquele momento mais real do que tudo o resto, a sentir na boca um entontecedor travo a rosas damascenas, enquanto cravado no peito o punhal do desassossego ia bebendo do coração em tumulto. Olhos fixos na paisagem nocturna na qual não me detenho, ruas rasgadas pelas luzes brilhantes e trémulas da cidade que atravessamos, sem palavras, contigo por vezes a dirigires-te aos outros, na pressa de silenciar em ti qualquer emoção dúbia, inesperada. Sentimento que te leve a corresponder ao vaguíssimo afago dos meus dedos ao longo da tua perna direita, subida a meu lado na obscuridade tépida do carro, que desliza naquele começo de noite rasgada pelos relâmpagos rápidos e cortantes dos anúncios que te iluminam os olhos, os lábios descerrados, o longo pescoço moreno de cisne negro, um tudo-nada inclinado para trás. E

sobre nós desce, então, uma maior escuridade opaca, que parece defender-nos, a encobrir-me o gesto que jamais pensei ousar: estender os dedos lentamente para a tua perna a meu lado, a gozar o calor da tua pele, a respirar mansamente sob o tecido das calças que a defende.

Te defendes, talvez, mais do que me incitas, ao tomares nas tuas a minha mão hesitante, à qual correspondes vagamente, imagino, mas hoje não estou já tão certa de que, em toda a ambiguidade das nossas mãos entrelaçadas apenas me detivesses, sabendo-te de modo algum indiferente ao diário crescer do meu desejo, no trilho já da perda da inocência, sem receio da transgressão que para mim era desejar-te desse modo incoerente, ao mesmo tempo voraz e inesperado, apesar do tumulto que logo em mim desencadeaste, mal te vi pela primeira vez:

americana, a entrar no átrio do hotel onde ambas íamos ficar duas semanas, e tu atravessaste à minha frente no teu passo largo e firme, os seios livres debaixo da blusa, o casaco de camurça castanho pelas costas, o chapéu de cow-boy descido sobre os olhos, as ancas marcadas pelo traço duro das calças que se ajustavam ao teu ventre liso.

Recordo ainda o teu riso espontâneo e raso, a maneira de atirares as madeixas do teu cabelo liso para trás, o modo secreto de te debruçares, quando sentada a uma mesa apoiavas nela os cotovelos, ficando por segundos absorta, sem nunca revelares o motivo de tal alheamento súbito, que de imediato disfarçavas a encobrires o embaraço que te causava teres-te desvendado, vulnerável, diante daqueles com quem conversavas, e a quem encobertamente escapavas de novo, sem eles sequer darem por isso. A tua voz ganhava então uma tonalidade ainda mais enrouquecida e entorpecedora, que de imediato tanto me perturbou, e tu bem o sentiste, disseste-me quando mais tarde to perguntei aturdida por tê-lo confessado, numa ousadia que hoje não consigo entender onde para isso fui buscar coragem,

assim como para estender a mão e ir pousá-la ao de leve na tua perna semi-estendida a meu lado, no carro que nos leva pela cidade desconhecida, estrangeiras naquele país imenso, escutando eu vagamente o que dizes na pressa de fugires a ti mesma ou me fugires, tão incerta que estavas e eu estou do que poderia ter acontecido, mas assim ficou, somente: a minha mão entre as tuas;

guardada ou detida?

Coisa que jamais descobrirei, perto que estou agora de saber um pouco mais de mim, mas a encontrar-me perdida, de um outro modo longínquo,

para sempre irremediavelmente sozinha.

A partir de uma presença existente, mas silenciosa e invisível, pode construir-se um sujeito de paixão. Lentamente, progressivamente, primeiro vulto e em seguida corpo.

Cintila. Cheira. Move-se.

E fazemos com que responda ao nosso apelo. Que corresponda com desejo ao nosso desejo, e esse desejo crescerá, tornando-se liberdade ou cárcere,

ora doce ora vulcão, ora dor.

Deitado no divã o corpo treme em sobressalto:

transfert.

Raízes

A bruxa estremece e assusta-se quando, depois de manejar vezes sem conta os cristais translúcidos, vê neles reflectidos, multiplicados, os surpreendentes olhos azul-violeta da marquesa
Leonor de Távora.
Olha à roda atentando nas sombras largas que as velas já no coto precipitam nas paredes enegrecidas do casebre, chão de lama a sujar-lhe a bainha esfarrapada da saia de burel, apertada ao fundo das costas com um nó grosso dado na cintura. Alguma coisa de errado, de torpe, está a acontecer, pois quem ela invocara fora a outra Távora, Teresa de seu nome, volúvel, donaire grácil, sedutora e fatal no modo lânguido e estonteante como escorregava nos braços do Rei D. José sem desatar o laço do casamento com o seu sobrinho e marido; marquesa nova, como lhe chama quem nela repara e a espia pelo lado de fora dos portões da alma.
"*Não está muito longe*"– supõe a bruxa ao escutar "*o uivo dos cães perseguidos pela morte*", certamente escondidos por trás das pedras soltas ou saltando entre as suas fen-

das, acocorados nos refúgios pútridos das ruínas do terramoto, cicatrizes dolorosas, purulentas, de uma Lisboa coberta de entulho e excrementos.

Queima o incenso no buraco de negrume que lhe serve de lareira, sítio de borralho fraco, tentando em vão aquecer as mãos longas e delgadas; levando-as em seguida até à brevíssima luz amarelada vinda do seu olhar oculto, de novo a abater-se sobre os cristais que, agachada, espalha no côncavo do colo.

E os múltiplos reflexos que então lhe chegam antecipam a imagem de Leonor de Távora a subir no dia seguinte as escadas do cadafalso, construído em pinho ainda verde, encharcado pela tempestade. Ao mesmo tempo escuta o impiedoso barulho dos martelos abatendo-se nos madeiros, a enterrarem neles os pregos, as buchas, as cavilhas. Construção apressada do patíbulo no Terreiro de Belém, à beira das águas revoltosas do Tejo que as galeotas, as corvetas e as faluas, apesar da procela continuam a sulcar, lanternas acesas resistindo ao vento desgrenhado e às cordas grossas da chuva.

A bruxa inclina-se mais, a querer descobrir uma razão para o inexplicável negrume que os seus cristais de súbito tomam, quando tenta adivinhar, ganhar indícios que a levem ao encontro das provas, até encontrar a ponta acerada do novelo do crime tentado contra a vida do Rei.

Pondo fim ao enredo dos astros.

Os frisados cabelos ruivos vão tocar-lhe o cimo dos joelhos, tapando por segundos a imagem ainda turva, mas a formar-se já nos invisíveis veios dos cristais reanimados, que ela tornara a misturar, a baralhar, atenta agora aos seus reflexos e imagens difusas, a querer entender dos acontecimentos o sentido que ainda lhe foge. E, perturbada, acaba por novamente encontrar os olhos violeta de Leonor de Távora, no exacto instante em que é decapitada.

Absurdamente vazios.

Sem culpa, sem mácula alguma.

Acocorada, alerta-se com o ruído de passos chapinhando nos charcos, presença ameaçadora que a assusta, desatenta ao uivo cuspido da ventania nos ramos esquálidos das árvores. A mando de Sebastião José Carvalho e Melo, os esbirros de Pina Manique percorrem a cidade pela calada da cerração absoluta, encobertos pela escuridade total da noite onde a lua se apagara.

Predadores, a procurarem as suas vítimas.

Dentro do casebre a bruxa recua a tropeçar no banco velho que lhe serve de assento, respirando até à fundura do peito o fumo do incenso, das ervas, das raízes angélicas, dos feitiços ardidos no que resta da pequena lareira, até à cinza. Respeita as iras da natureza que teme, entendendo o eclipse como sendo um aviso.

Lembrada para sempre do dia em que a terra tremeu, leva a palma trémula da mão direita ao pescoço, onde a gola da blusa imunda e debruada a retrós se afasta, deixando a descoberto o rego dos peitos; e a melopeia, a ladainha saída dos seus lábios é entrecortada, como uma reza ou um longo gemido.

Nos seus dedos, os cristais, tal como a imensidão devastada do espaço, estão cegos. Teima no entanto em entrar no sono de Leonor de Távora pela brecha do sonho, e as pupilas dilatadas da bruxa ganham um tom maligno logo derrotado, devolvido a si próprio. E de imediato retrocede temerosa, pois são os olhos de safira da marquesa que tem à sua frente: no instante em que a morte a arrebata.

Nos cristais da bruxa só restam as obscenidades e as palavras grosseiras dos homens que praguejam à medida que vão erguendo os postes e o estrado ao qual subirão os Távoras, mal desponte a alva entorpecida, velada pelo eclipse. Encolhe-se ela abaixada no lugar mais seco do casebre, insistindo inutilmente em desviar a vista dos cristais onde a vida da marquesa de novo se extingue, num grande esvaimento de essências e matizes de cor. Inesperados precipícios e falésias por onde depressa se afasta para longe do seu corpo banhado no próprio sangue.

Subitamente, porém, apercebe-se, horrorizada, de que agora há outros olhos a fitá-la, através da transparência das pedras cintilantes: implacáveis e gelados, a sugarem-lhe, vorazes, o palpitar aflito do coração.

Determinados em resgatar a honra de Leonor de Távora.

Efémera

Encostava a minha cara ao cetim suave da saia lisa do seu vestido fúcsia, e de mãos dadas olhávamos em silêncio o rio de um verde espesso manchado de azul-cobalto, serenamente a bordejar os primeiros degraus do cais, esverdeados de limos; degraus de pedra grossa desgastados pelos séculos, por onde as águas subiam nas marés altas, e se estendiam devagar, envolventes, de manso rodeando, contornando as duas colunas, que pareciam fitar o outro lado do Tejo.

O sol de Agosto cegava-nos com a sua incandescente luz branca, fazendo brilhar o cabelo louro que ela usava em ondas a tocar os ombros frágeis, haste de tão delgada e dúctil, a fazer lembrar as actrizes de cinema; com uma perversa languidez fatal de madressilva em flor ou pedra preciosa rubra.

Sempre que ali demorávamos mais tempo, expectantes mas amodorradas embora atentas, soltava a minha mão da sua, trepava para um dos bancos incrustados na amurada a separar-nos do rio e debruçava-me, a fim de sentir a vertigem, a tontura a tomar-me, sensação que pensava vir do fundo do espelho obscuro e frio daquelas águas, num chamamento impossível. E se ela estendia os dedos macios até ao meu braço, que a manga de balão deixava a descoberto, a querer segurar-me, logo se distraía de novo; e eu mal sentia a frouxidão dos seus dedos, voltava-me a tentar fitar-lhe os olhos de anil, repletos da cintilação da tarde, por onde geniosa a minha mãe escapava, com a astúcia de mulher rebelde e deleitosa.

Efémera.

Por trás dela havia a largueza quase quadrada do Terreiro do Paço, com as suas arcadas abertas cor de mostarda clara e as ruínas do terramoto ao fundo, assim como o Arco da Rua Augusta encimado pela escultura de uma mulher de manto que eu sabia chamar-se Glória, a coroar o Génio e o Valor, tinham-me ensinado. No centro empedrado de pedra miúda, ficava o pedestal de mármore com a estátua do Rei D. José a cavalo, e isso já pertencia à História, embora na altura não o soubesse.

Parecia-me por vezes escutar o barulho abafado de passos ágeis vindos de um outro tempo, o som de botinas e de sapatos frágeis, assim como um roçagar de saias de seda e saias de sombra, dos saiotes deslizando uns nos outros. Mais impreciso ainda era o sussurro das rendas e dos cetins, saias enfunadas em ternas transparências... shantungs e musselinas e tafetás, mas sobretudo de sedas matizadas e de coletes bordados a ponto de crivo, abainhados de prata.

"A nossa avó, que viveu há séculos e escrevia poemas, vinha até aqui onde estamos, assistir ao embarque e ao desembarque dos reis" –, contava minha mãe como se inventasse. E eu quedava-me a imaginar essa avó descoberta a partir de uma gravura que encontrara num livro encadernado, há muito esquecido sobre a mesa baixa da nossa sala de estar. Olhar

inteligente e arguto num rosto belo de traços delicados, os lábios de veludo toldados pelo ligeiríssimo sorriso. Era deste modo que a reprodução em papel brilhante nos mostrava Leonor de Almeida, olhar determinado de luz iludindo-se.

Chegava a sonhar com ela enquanto menina, antes de ter oito anos e entrar com a mãe e a irmã para o convento de São Félix, por ordem de Sebastião José de Carvalho e Melo, e antes também de fazer poesia. Distingui-a debruçada na amurada onde eu tantas vezes já estivera com o pensamento nela, desejando descortinar tudo o que dali ela abarcara a navegar no Tejo: as faluas, as gabarras de vela de dois mastros, as barcaças... A passarem ao largo, na sua mansa faina.

Na verdade, viria mais tarde a preferir imaginá-la enfrentando o todo poderoso ministro de D. José, do que a escrever poemas; embora conseguisse melhor idealizá-la a usar a pena criativa, do que a espada de lâmina crua de gume afiado. E volvia-me de novo para o Tejo, como se por um passe de mágica fosse encontrar nas suas águas turvas os bergantins reais, as naus, as corvetas, as galeotas, que na época dela aportavam ao Cais das Colunas.

"Essa nossa avó dos poemas, também vinha aqui só para tentar alcançar o horizonte" –, tornava minha mãe divagando, os olhos azul-pavão repletos da incandescência da tarde irisada pelo sol a espelhar-se nas vidraças das janelas, nas fachadas do largo com os seus passeios perdidos por dentro da obscuridade das arcadas, espécie de corredores largos onde se anteviam vultos de mulheres a caminharem numa pressa recolhida, de quem se sente ameaçado, assustado.

Inseguras.

Imprudente, debruçava-me mais, na esperança de ver despontar ao longe as flâmulas das fragatas, as corvetas, as barcaças na sua madeira batida, trabalhada e gasta pela ondulação e pelo sal do mar, que perto da Torre de Belém se vem misturar com a doce água fluvial, mas apenas encontrando, desconsolada, o rasto dos cacilheiros na sua travessia laboriosa e lenta.

Imitações pobres daqueles outros barcos que me entretinha a recriar enquanto não adormecia, tal como a praça fervilhante de comércio, atravessada pelos cães vadios, os anões e os mendigos, as carruagens e as cadeirinhas de cortinas em veludo misteriosamente corridas, a ocultarem fidalgas e padres, quem sabe se em incursões clandestinas. Terreiro do Paço de onde embarcavam e desembarcavam as damas da Corte e as infantas, por mim fantasiadas de princesas das histórias de fadas, com o pesado cabelo entrançado de pérolas descaindo sobre a nuca humedecida por um suor febril e inquieto.

E desse modo julgava terem sido a Rainha D. Maria e a sua nora, a infanta espanhola Carlota Joaquina, que à socapa da Corte ia à praia de Belém molhar os pés de rapariguinha agreste e desavinda com o destino que a tirara de Espanha, a contragosto chegada a Portugal que até ao fim dos seus dias iria odiar.

Hostil.

Acocorada no banco de pedra escorregadia, esquecia-me das horas, ao contrário da minha mãe, que com frequência subia a manga do vestido leve, a ver o relógio que lhe deslizava no pulso magro. E se eu a agarrava pretendendo retê-la, demorá-la, sacudia-me nervosa, a boca crispada de sede e de calor.

De impaciência.

— *Anda!* — dizia, a puxar-me. E eu acabava por pular para o chão que ali era ainda de terra batida, a segui-la tentando acertar o meu passo miúdo pelo passo alado dela, espaço oscilante delineado pelas suas esguias pernas bronzeadas, longas e nuas.

Vulnerável e débil.

– *Vem*! – quase gritava, numa súbita urgência, a exigir que a seguisse mesmo se a contragosto, consciente de quanto me custava partir daquele vão de sonho, para mim tão mágico, trespassado pelo grito agudo das gaivotas, povoado pelo equívoco odor ácido a águas escusas, musgo e limo, salpicados de cheiros salgados, amarescentes, numa mistura de verdete e zinco, que eu tentava aflorar com a ponta da língua, arrastando o andar... Até que ela se zangava, enfastiada da minha companhia relutante, a atrasá-la para onde, numa repentina ansiedade, se dirigia praticamente correndo.

– *Anda*! – tornava a minha mãe em tom cortante e breve, mas já parando diante de cada montra onde nos reflectíamos, e eu me perdia na sua imagem alvacente de loura. E deste modo avançávamos, demorando a nossa chegada ao Rossio, para onde seguíamos, e que eu detestava, tentando iludir o choro mal contido, obstinada, a sentir já a falta dos minutos de intimidade passados uma com a outra diante do rio. Lugar a ser substituído pelo parco fascínio iridiscente dos repuxos das fontes das mulheres, como então lhes chamava, despidas sob a água que lhes corria pelo corpo e pelas faces de bronze.

Gotas, como se fossem lágrimas.

Mesmo assim eu persistia na demora, teimando em atrasar os pés calçados com as sandálias novas de tiras cruzadas; soltando os dedos do entrançamento dos dela, como se quisesse perder-me lá atrás, por entre as pessoas que iam e vinham apressadas, e ela não dando pela minha ausência seguia, enquanto eu me ocultava por trás fosse do que fosse, a espiá-la, coração aos saltos no peito liso, amarfanhado pelo pavor de que me tivesse esquecido para sempre.

Em desordem.

E ao vê-la finalmente dar por falta de mim, aflita, a boca entreaberta num grito mudo mas descontrolado, corria arrependida, esgueirando-me de onde estava, voando até aos seus braços que encontrava fechados ao meu alvoroço. E se contricta me agarrava ao seu corpo tépido, de imediato me empurrava, áspera, como se sufocasse:

– *Deixa-me, deixa-me!*

E eu afastava-me ainda arrebatada, e com o intuito de castigá-la arreliava-a rogando, sonsa, na lamúria da fala:

– *Podemos tornar ao rio, podemos, podemos?*

Mas em silêncio ela empurrava-me à sua frente, a contornarmos por fim os cestos de verga das floristas, onde os odores, os perfumes das flores se enleavam em treliças de cores e tons, pouco antes de chegarmos à Pastelaria Suíça, onde sem me dirigir a palavra se sentava na esplanada comigo ao lado a fazer sentir-me invisível, e encomendava ao criado um refresco de chá, que vinha com gelo e hortelã num copo esguio e alto, enquanto, distraída com a sua beleza, eu deixava derreter o sorvete de chocolate e baunilha na pequena taça de metal, redonda e embaciada pelo frio.

– *O que estás a fazer? Pareces parva!* – ralhava desatenta, sem se aperceber das figas que eu fazia por baixo da mesa, repetindo sem cessar para mim mesma: "Não vem! Ele não vem hoje, não vem! Não vem!", dando-me conta ao mesmo tempo da estranha expressão ansiosa da minha mãe, que sem cessar buscava em torno, primeiro ensimesmada, mas logo sobressaltada e obsessiva.

Para entretê-la, começava a falar do que me vinha à cabeça, desde mentiras a pedaços de histórias inventadas, à mistura com risos, versos e perguntas que nunca obtinham resposta, pois nem sequer me ouvia. Apesar de estar ciente disso, eu continuava a fantasiar: de início num murmúrio que ia subindo num crescendo agudo, até ela me cortar a palavra com um olhar ausente e gelado.

"Esqueceu-se novamente de que sou sua filha..." –apercebia-me assombrada, e o arrepio do medo começava a trepar de manso até ao meu coração dilacerado, braços trémulos que juntava ao corpo cuidando aquietá-los. E na tentativa de fazê-la lembrar-se de mim, chamava-a num sussurro de brisa árida:

– *Mãezinha*...

Só que ela já voltara a perder-se dentro de si própria, presa de uma espécie de fascínio, de encantamento maligno que a tomava, levando-a consigo, o olhar perdido ao longe, ou correndo ansioso por aqueles que passavam. E quando eu já me alegrava desesperada, ele aparecia apressurado e expectante, trazendo um ramo de açucenas ou de ervilhas-de-
-cheiro, um perfume, um disco com uma ária de ópera, ou somente o seu sorriso perfeito, e ela recompunha-se como por milagre, radiosa, a entreabrir-se, semelhante a uma rosa ou uma camélia.

A desfolhar-se.

Cismando eu em apanhar-lhe as pétalas, a fim de as guardar em seguida no meu quarto, escondendo-as debaixo do travesseiro; mas sem conseguir esquecer a presença dele, sentado na cadeira diante da minha mãe, a beber café duma pequena chávena de porcelana com uma lista fina no contorno da borda. Sinuoso, romântico, falando baixo de coisas

que eu não entendia, mas a levavam a rir alto, num riso solto de gosto que me envergonhava ouvir, embora gostasse de ver-lhe os dentes brancos, certos e húmidos.
— *Para onde estás a olhar?*
Ouvia-a a repreender-me desprendida, num tom agreste, a fazer-me sentir indesejada, inoportuna. Não me contendo, fitei com acinte aquele homem moreno, risca perfeita no cabelo acamado e luzidio de brilhantina, cara longa e olhos cor de avelã ensombrados pelas pestanas negras; olhar incerto a afastar-se do meu demasiado depressa.

Lembro-me, como as palmas das suas mãos fortes e morenas cobriam (apenas por alguns segundos) as mãos da minha mãe, simultaneamente possessivo e indolente, e de como ela, relutante, as retirava, a tropeçarem no copo ou na chávena, no cinzeiro, na taça do meu gelado derretido.

No primeiro desses dias fugazes chegámos a casa atrasadas, já perto da hora de ser servido o jantar, ambas silenciosas, rápidas e comprometidas, a minha mãe transportando a marca da sua infidelidade, e eu a de sua cúmplice.

Sem saber bem de quê, nem porquê, mas do seu lado.

Depois de passarmos o portão de ferro forjado, e percorrermos o caminho das pedras, quando tirou a chave da mala para abrir a porta da rua, cambaleei a tiritar de frio como quando se tem febre, ansiando por amparar-me nela, mas a sentir a sua anca afastar-se, em desabrigo. Assim entrámos como duas estranhas, estrangeiras, naquela casa silenciosa e aparentemente deserta, que me pareceu inóspita e ameaçadora.

Sem uma palavra e nem sequer acendendo a luz, aliviada, a minha mãe largou-me no escuro, desconhecendo que até de olhos fechados eu era capaz de seguir a pista do odor almiscarado do seu corpo.

Deslizei, pois, invisível, e estaquei do lado de fora do quarto de dormir onde ela se fechara, a adivinhá-la no atirar da écharpe para cima da colcha de cetim cor-de-rosa e no poisar da malinha sobre o tampo lavrado da cómoda, junto da escova de cabelo com cabo de prata e dos frascos de cristal onde os aromas conturbados se entorpeciam.

Furtiva, eu era hábil na arte de urdir.

Mas, a pouco e pouco, fui-me apercebendo da música: uma ária de Verdi, descobriria mais tarde. E encostada à parede do corredor, reparei que debaixo da porta do escritório do meu pai havia uma lista de luz solitária. Em bicos de pés aproximei-me, e sem ruído entreabri os batentes apenas encostados, a descobri-lo, muito magro e moreno, sentado à secretária, rodeado de cadernos e de livros, a preparar a aula que iria dar no dia seguinte.

Afastei-me, atordoada.

Com a mão firme e doce

Enterrou-lhe a faca três vezes no corpo.
Enquanto ele dormia.
Depois ficou ali muito tempo só a olhar.
Um corpo fundo até ao fundo do sangue, a faca enterrada até ao cabo, três vezes seguidas, no sítio onde sabia estar o coração. Com a mão firme e doce. – Num só golpe as três vezes, até ao cabo da faca de madeira velha; uma faca de cozinha de lâmina gasta mas aguçada, gume fino e brilhante, durante muitos anos fechada na gaveta da cozinha.
Sem uso.
A avó dizia: "*Esta faca já vem da minha bisavó*". E deitava-a estendida nas palmas das mãos, a sobejar de ambos lados, lâmina e cabo castanho-escuro, amarelecida pelas gorduras, pelas águas quentes e as mãos calosas das mulheres, magoando os dedos da avó quando a segurava, a arranjar o pão para o lanche sobre uma tábua estreita; uma tábua pequena macerada pelos anos, onde se cortava o pão – lembrava-se bem.
Numa memória que retinha tudo, como quem fotografa e esconde a imagem fixada só para si: três vezes a lâmina a

penetrar a carne e ela a vê-la desaparecer até ao punho no peito dele, mesmo no sítio onde sabia estar o coração.

Se é que ele tinha coração.

Encostou a cabeça ao peito do marido, na sua pele macia, lisa e doce, onde tanto gostara já de passar a boca ao de leve, os lábios a tomarem-lhe o gosto um pouco acre.

A lambê-lo.

Renata encostou a cara no seu ombro, olhos fitos no fio de sangue a brotar devagar das feridas que a faca havia rasgado.

Feridas delicadamente finas.
Desenhadas a vermelho, como se fossem lábios.
Ali, sobre o coração.
Feridas traçadas à faca, debaixo do mamilo esquerdo.
A faca esquecida anos e anos numa gaveta da mesa da cozinha. Metida num vão que a gaveta fazia do lado oposto; entre a última trave da gaveta e a última trave de madeira da mesa.
Feridas de onde o sangue corria a contragosto.

Renata encostou o rosto ao peito do marido a tentar escutar-lhe o coração que nem sabia se alguma vez batera mais depressa quando se abraçavam.

Ficou debruçada muito tempo a olhá-lo, o risco sanguíneo já seco na pele da cara, a formar uma espécie de cicatriz ou queimadura por onde passou as unhas depressa.

A tentar pensar com calma.

A imaginar como seria depois; depois da morte dele.

Não era preciso mais dizer a si própria que o amava: amava-o; garantir a si própria que o amava: amava-o.

Estendeu-se a seu lado no lençol manchado, sujo com o seu sangue, um sangue fino e deslassado, quase incolor depois de derramado. Do lado esquerdo, exactamente do lado esquerdo, sobre o qual se debruçara momentos antes, numa determinação silenciosa, a enterrar-lhe a faca três vezes no interior do seu peito vulnerável. Três vezes seguidas, sem hesitar. A faca afundada até ao cabo, a lâmina a desaparecer certeira e mortal, para voltar a aparecer e a desaparecer, tornar a aparecer e desaparecer de novo, devagar, e ele nem estremeceu, imóvel e brando, como se continuasse a dormir. Talvez apenas os olhos azul-cobalto se tivessem entreaberto um pouco, mostrando um olhar vazio, sem nenhuma expressão.

    Nem um gesto. Uma defesa. Um esboçar de ruído; deitado, parecendo mergulhado no sono, emudecido e quedo. Sem respirar. Como se tivesse sido desligado.

    Só isso.

Durante noites e noites em claro ela ficara, fascinada, a tentar distingui-lo no escuro. A raiva a nascer, a crescer dentro de si.

O ódio.

Um ódio grosso e peganhento a tomar vulto, a ganhar terreno na sua mente. Na sua imaginação.

Um ódio fétido a tomar conta de todos os seus sentidos e sentimentos destroçados: à mistura com o sono dele, ali estendido, inerte.

Por vezes debruçava-se um pouco mais, tal como nesse momento, encostava o ouvido ao seu peito, mesmo no sítio onde sabia estar o coração e só escutava o silêncio absoluto.

O seu corpo era apenas um imenso vazio. E o dela pulsava mais depressa, sobressaltado, às vezes suando como se tivesse febre.

Tremendo muito.

Mas ele nunca acordava. – Porque ele nunca dormia?

Foi assim que uma madrugada se levantou da cama, e deslizou nauseada para fora do quarto, a garganta apertada, ardendo de sede, um gosto amargo e doce na boca, a língua gretada, a tentar engolir uma saliva contaminada pelo seu rancor.

Renata ligou o jarro hermético e automático, encheu um copo com um líquido leve e transparente, ligeiramente rosado. Consciente de que era sede de água que sentia, teimosamente esquecendo há quantos anos a água havia desaparecido. Havia sido substituída. Mesmo assim bebeu tudo, de um gole só. Depressa. Detestando aquele gosto sem gosto, um suco destilado, apenas.

Estonteada.

Depois, como fazia sempre que acordava a meio da noite com aquele sobressalto, aquele pressentimento, aquele sufocar, aquele atropelo e tumulto, aquele desassossego que não conseguia acalmar, subiu a escada estreita, em caracol, que ia dar ao sótão. Abriu a porta escondida, baixa, quase rente ao chão, que parecia tapar o acesso à escada. Curvou-se e passou para o outro lado. Escutou atenta, a coragem a querer ganhar caminho no acto de desrespeitar o estabelecido e começou a galgar os degraus altos e cheios de pó; um pó espesso acumulado pelos anos, tendo no centro, porém, a marca esguia, leve e ardilosa dos seus passos clandestinos.

Escutou atenta, mas a casa encontrava-se mergulhada no silêncio mais profundo, da mesma forma de sempre quando o marido dormia e ela, antes de sair do quarto, olhava-o a confirmar o seu sono, num arrepio apavorado de medo.

Com aquela desconfiança.

O vazio do olhar dele, que no início a fascinara, aterrorizava-a agora. A sua pele sem temperatura, que no começo a excitara, passara a enojá-la quando roçava nela o corpo nervoso e nu, como se quisesse apagar o fogo que a consumia desde pequena.

Escutou mais um pouco e começou a subir a escada, em espiral, anel curvo até quase ao tecto. Lá em cima, uma porta estreita com uma pequena fechadura e uma aldraba de ferro muito velho. Cuidadosa, rodou a chave, levantou a trave, a tentar fazer tudo sem ruído, empurrou os gonzos perros a precisarem de ser oleados. – "*Já nem sei abrir uma porta*" – pensou estremecendo: as portas haviam passado a deslizar e a abrir-se sozinhas ao toque invisível dos pés no soalho.

Lá dentro fazia um escuro profundo, um negrume infinito.

Estacou, quase sufocando com o cheiro a mofo, a velho, a bafio e a bolor que a atingiu. Parou.

Parou.

Ficou ali na escuridade sem um movimento, apenas a tentar orientar-se pela memória que retinha das coisas, que conservava dos objectos nos seus lugares antigos, no pequeno sótão.

Lembrava-se:

quando era pequena fora ali muitas vezes com a avó, a descobrir o passado, a desvendar o que continha o interior das arcas: os papéis amarelecidos, as cartas atadas com fitas de cetim, as flores secas esmagadas dentro de diários, de livros a que faltavam inúmeras páginas como se arrancadas de um só gesto, chapéus de gaze e plumas de cores esmorecidas pelos anos, capelines de um rosa esvaído ou de um verde água descorado... "*Eram das minhas tias*", contara-lhe a avó a mexer nas rendas feitas à mão, bilros e cambraia e também veludo a desfazer-se entre os dedos. Mais tarde, a essa mesma intimidade penumbrosa foram juntar-se a seda e o linho, o cetim dos vestidos justos, macios e cingidos da mãe. Dentro das pequenas arcas a cheirar a cânfora quando as abria com as mãos trémulas. O choro a custo reprimido.

Tacteando, começou a andar para a sua direita até embater na mesa que estava arrumada a um canto. Estacou, tirou o acendedor que levava no cinto ajustado na cintura e uma claridade intensa e dura iluminou tudo à volta. Viu o coto da vela no pequeno castiçal de estanho e acendeu-o, hesitante.

Em seguida, olhou em redor: a cadeira de balouço de palhinha, os dois baús de embutidos, um candeeiro de petróleo, quadros apoiados nas paredes e virados a esconder as suas telas, um cadeirão intacto de espaldar alto de veludo esburacado. E a mesa de cozinha, com duas gavetas e o tampo marcado pelo tempo. Em cima dela, a palmatória com a vela que entretanto acendera e as figuras esculpidas, postas em fila, umas a seguir às outras, a encherem a mesa quase toda.

Figuras de mulher: sem cabelo, tal como ela, crânio rapado, os olhos parecendo muito afastados uns dos outros.

Algumas das pequenas figuras, porém, do tamanho máximo da palma de uma mão, possuíam cabelos compridos, talhados em caracóis ou onduladamente esculpidos até aos ombros. Caídos, tombando pelas costas lisas, olhos fechados, como se estivessem mortas.

A dormir?

Pensou nele a dormir na cama lá em baixo e encolheu-se de medo, poisando na mesa a palmatória que dali espalhava melhor a sua luz difusa sobre as esculturas alinhadas nos seus fatos ou na sua nudez esculpida.

À faca.

Descobrira a faca no primeiro dia em que tivera coragem para se aventurar a abrir a pequena porta que dava para a escada.

"*O que estás a fazer?*" – perguntara ele quase num grito e puxara-a para trás.

Num gesto duro e feio.

"*Bem sabes que isso é proibido*" – acrescentara num murmúrio enrouquecido. "*Não se pode trazer de volta o passado. Isso é rebeldia*". E tinha querido ir-se embora com ela dali. "*Esta casa não tem préstimo para nada*" – acrescentara ainda. E Renata correu para fora, afastando-se rápida, desceu as dunas praticamente voando, tropeçando, caindo, rebolando até quase à beira do mar, que mais tarde o marido só veria de longe, desconfiado, nunca se chegando perto de onde, quando se conheceram, tanto gostava de mergulhar e nadar, rindo de prazer. Os olhos azuis escurecidos pelas longas pestanas negras da cor dos cabelos aos caracóis miúdos e quase pegados uns aos outros numa espécie de aura à volta do rosto longo.

Na pressa, Renata rebolou na areia molhada, olhando para trás a ver se ele a seguia. Mas o marido ficara imóvel, a fitá-la de forma inexpressiva. Nula. Não deixando que qualquer emoção lhe chegasse ao rosto pálido e magro, pele esticada sobre os ossos.

Frio.

Com aquele olhar morto.

Ao princípio fora diferente: riam-se os dois muito. Abraçados.

O corpo dele quente, dentro do seu, a despertar em Renata a chama do prazer. Os dois a correrem na praia escaldante do meio-dia, a entrarem de repente no frio arrepiado das ondas a abeirarem-se da areia, tocando os corpos de ambos estendidos em cima um do outro.

Como se ali fosse um paraíso perdido?

No início, às vezes esqueciam-se de que a casa teria de ser demolida. Estava escrito: tinha de ser demolida e dela restaria somente a memória. Como de tantas outras coisas nas quais não se podia falar. Abordar.

Era subversão, considerado perversão – dizia-se.

Mas Renata não queria saber de mais nada.

Senão do corpo dele.

A sua boca a entreabrir-lhe as coxas, docemente.

Avidamente.

A enchê-la de gozo.

A sua boca a abrir caminho por entre as virilhas ácidas, a língua tropeçando nos pêlos do púbis. Ao princípio fora diferente. A embrulharem-se um no outro, a escutarem a respiração um do outro, febris.

Renata ficava a vê-lo dormir e era bom, não com aquele susto de hoje, ele deitado nos lençóis, ela imóvel a seu lado, e nada mais se passava, o peito aquietado, o coração parado, a pele gelada.

Como se estivesse... desligado?

Renata sentava-se à mesa de cozinha, a talhar na madeira figuras de mulher, tal como ela mesma era: crânio rapado e olhos muito afastados, de um azul intenso ou de um verde cintilante de esmeralda, igualmente de safira. Mas havia também outras figuras, vindas de qualquer lugar interdito, perdido na sua memória: cabelos até aos ombros, deslizando ao longo das costas.

Talhava mulheres que dormiam. Mulheres que soltavam gritos mudos. Mulheres que se enroscavam em si mesmas; ou agachadas, os joelhos subidos ao pé da boca.

Talhava também mulheres com profundas insónias desenhadas nos olhos, para sempre abertos sobre o nada.

Noites inteiras, madrugadas adentro ali sentada no pequeno sótão, criando corpos de mulheres sentadas ou deitadas, acocoradas, enroladas como fetos. Talhando a madeira com a faca antiga que descobrira dentro da gaveta da mesa de cozinha; esquecida dentro da gaveta da mesa de cozinha escondida no sótão.

Encontrara a faca na primeira vez que lá fora, no cimo dos degraus da escada.

No cimo dos degraus cheios de pó, depois de empurrar os gonzos perros da porta estreita que dava para o sótão.

Era aí que as águas se separavam?

Ao fundo.
Mais ao fundo havia o rio.
À direita.
Em frente estava o mar que se precipitava vertiginosamente no seu próprio abismo.
Renata nunca distinguira onde se confundiam as águas ou onde elas se separavam.
Apenas sabia que ele se modificara, colhendo nos olhos o vácuo profundo. A sua pele ganhara um frio metálico – quase hirto, que a confundia.
Repelia.
Fugindo-lhe do corpo, do interior dos braços. Sentindo que o desejo dele era puramente mecânico.
Sem fogo.
Sem aquela rosa de fogo acesa entre as pernas, vinda pelo dentro da febre e da inquietação.

Renata deixou que o copo se enchesse novamente sob o jarro hermético, automático, e bebeu o suco esbranquiçado de um só trago, a recusar o gosto.
Um líquido destilado, ambarino e transparente.
Escutou atenta o silêncio morto da casa. Depois, como fazia sempre que a meio da noite acordava com aquela dor dobada sobre os seios, empurrou a porta baixa que tapava o acesso à escada, começando a subir, escutando, os pés nus a levantarem o pó. Ou melhor, limitando-se a percorrer o mesmo estreito caminho, que os seus pés tinham já aberto, desenhado, madrugada após madrugada.
Lá em cima descobria a vertigem.
E o perigo.
Descobria o perigo e aquela espécie de orgasmo que tentara explicar ao marido quando lhe mostrara a primeira figura de mulher: alada, pequenas asas de madeira no corpo de madeira.
A partir desse dia ele passara a olhá-la mais cuidadosamente, meticulosamente. Com susto. Espiando-a de noite.

Afastando-a do sótão, gritando, exaltando-se por tudo e por nada.

Batendo-lhe com violência.

"Sabes o que significa aquilo que estás a fazer?" – perguntara a Renata, atirando para o mar a figura da mulher alada, que por momentos pareceu voar e, depois querer flutuar.

Teimosamente.

Mas acabando por desaparecer no torvelinho das águas. Nas ondas. Levada na crista das ondas.

"Sabes o que te pode acontecer se eles descobrirem?" – perguntara a Renata num grito enrouquecido na garganta. A voz presa. Sem claridade.

E ela tivera medo.

Mas, na noite seguinte e na outra e na outra, logo que o marido adormecia Renata corria pela escada até ao sótão, e ficava ali a ver chegar a madrugada, o sol a subir ainda sem claridade num céu esbatido.

De manhã ele fitava-a, sem uma palavra, o olhar enlouquecido. Aterrorizado.

Só não a seguindo pela escada – Renata sabia – porque sentia medo. Um medo terrível de infringir as leis, de incorrer num crime. "*Bem sabes que te queimavam, que vais acabar queimada se eles descobrem*" – lembrara e relembrara o marido, sempre em surdina. E Renata tremera de frio nessa noite, enroscada em mantas, sem se atrever a ir sequer até à porta da cozinha.

Fora meses depois que ele se modificara: aparecera diferente vindo da cidade, tão transformado que Renata quase o não reconhecera.

Embora as feições fossem as mesmas.

O corpo não o era.

E o desejo como que se acendia por ela, semelhante a uma máquina, a cumprir um programa.
Um desejo programado.

A pele arrefecida, os olhos sem expressão, o sorriso sem luz nem doçura, apenas formatado pelos lábios sem cor que, nos dela, não voltariam a ter aquele travo a fruto amargo de que tanto gostava.

A partir desse dia, começou a ir cada vez mais e mais noites para o sótão, naquela ânsia, naquele prazer, a inventar, a criar aqueles corpos de mulher, seios nus, ancas estreitas ou largas e férteis, coxas longas, longas, pés afuselados. Rostos enlouquecidos. Ou esquecidos de si próprios.

E o marido passara a aterrorizá-la.

Gélido.

No seu passo hirto e automático.

Um dia Renata falou-lhe das rosas que a mãe – lembrava-se – costumava pôr nas jarras quando ela era criança, e ele não entendeu.

Nem se recordava de que já tinham existido rosas.

Descobrira a faca a primeira vez que subira ao sótão. Abrira a gaveta da velha mesa da cozinha posta a um canto. Metera a mão no escuro da gaveta e num vão ao fundo sentira qualquer coisa fria e aguçada. Puxara para si a faca que vira na mão da avó; deitada nas mãos abertas e unidas da avó, palmas viradas para fora e para cima. Uma faca de gume fino e brilhante, cabo de madeira gasta pelos anos, de um tom indefinido conseguido pelas gorduras e o ácido dos legumes, dos frutos, dos limões, das laranjas. Um tom desbotado, devido ao roçar das palmas das mãos e dos dedos. Uma faca de cabo de madeira lascada pelas unhas das mulheres que a usaram ao longo dos tempos; ao longo de anos e anos, pela avó e pela mãe, pela avó da avó.

"*Esta faca foi da minha avó*", dissera-lhe a mãe, expondo a faca inclinada nas palmas das duas mãos juntas, viradas para fora, como fizera a avó.

E Renata olhara para a faca tirada do vão da gaveta, primeiro sem entender. Depois fora mostrá-la ao marido, não explicando onde a encontrara. "*Bem sabes que não po-*

demos conservar isto" – respondera-lhe ele aterrorizado, olhando à roda para ver se estaria alguém a espiá-los. A escutá-los.

"*Eu deito-a fora, embrulhada*" – garantira Renata para o tranquilizar e voltara a pô-la no vão da gaveta. Duas noites depois tornara a subir a escada, pés descalços. E começara a esculpir a primeira figura: acocorada, cabeça inclinada nos joelhos subidos.

Enroscada em si própria.

Duas pequenas asas nas costas.

Encontrara a madeira na praia. Um tronco.
Arrastara-o para casa.
Subira a escada com ele nos braços.
Penosamente.
Subira a escada com aquele peso áspero de encontro ao peito. A suar; sobre o lábio superior um risco de suor que lambeu. Sentiu o sal na boca, sem saber se seria do seu corpo se do mar onde mergulhara antes de encontrar a madeira nas dunas durante o caminho para casa. O caminho mais longo e esconso que ia dar à casa pequena com três degraus de pedra.
Perto das dunas, onde se fora deitar ao sol.
Já de madrugada começara, tal como a avó, a trabalhar com a faca aquele tronco: a alisá-lo, a amaciá-lo, a esculpi--lo.
Quase ternamente.
Até que uma primeira mulher se formou sob os seus dedos.
Chorou.

Cortara do tronco um pedaço de madeira simultaneamente salgada e doce e criara a mulher. Esculpira-a, lera num livro, como outras mulheres o tinham feito, durante séculos e séculos antes dela. Um livro grosso de papel escuro, descoberto numa biblioteca, que mais tarde viria a ser selada.

Proibida.

Esculpira aquela figura como outras o fizeram antes dela, lera nesse livro: exactamente como outras mulheres haviam feito. Pusera-lhe umas pequenas asas a despontar nos ombros, a descerem quase translúcidas na madeira fina, sobre as omoplatas.

Quando a mostrara ao marido este gritara de medo. E deitara fora a pequena mulher acocorada, indagando:

"*Elas foram queimadas, não entendes?*"

Mulheres queimadas em grandes fogueiras, como contava o livro antigo lido às escondidas.

Proibido.

Um dia uma das figurinhas alinhadas sobre a mesa desapareceu. Hesitou, mas acabou por não se queixar. Depois outra e outra. Tinha a certeza, haviam desaparecido.

Desaparecido.

Foi quando ele se modificou.

Assim. Sem remédio. Dia após dia a mudança parecia-lhe mais evidente.

Odiosa.

Com o seu olhar gélido e vazio ele espiava-a.

Seguia-a.

Anotava mesmo os seus gestos, gravava as suas palavras. Renata vira. E quando a tomava à noite na cama, era como se a violasse: violentamente, mas sem chama.

Nem sequer ódio.

Nem sequer...

Renata suportou meses. Suportou meses o seu corpo, a sua língua sem gosto, fria; como o resto do corpo. O pénis, mesmo quando erecto dentro da sua vagina, parecia ter o contacto do metal. Um metal escondido debaixo da carne.

Um dia ele cortara-se e praticamente não sangrara. Tal como hoje, deitado na cama: as três feridas abertas pelo gume da faca no peito, debaixo do mamilo esquerdo. Três feridas de bordos unidos, que hora a hora pareciam cicatrizar melhor.

Renata adormeceu, acabou por adormecer deitada nos lençóis, ao lado do corpo dele.

Morto.

A faca da lâmina mal suja de sangue que ela ainda agarrava; os dedos crispados no cabo, à volta do cabo amarelecido pelas gorduras e águas quentes, pelas mãos calejadas das mulheres a descascarem as batatas ou a arranjarem os legumes, a amanharem o peixe.

Renata acabou por adormecer deitada de lado, virada para o marido, perto do seu ombro, num alívio profundo.

O alívio profundo que lhe trouxera a morte dele.

Já não seria preciso dizer a si própria que o amava: amava-o.

Recuperara-o, tal como ele era no início, pois passara a existir vivo apenas na sua memória.

Renata adormeceu de alívio.

Porque o matara.

Subitamente exausta. Sem força nas pernas nem nos braços. A faca bem agarrada pela sua mão direita.

Primeiro sentara-se e em seguida deitara-se ao lado do corpo inerte dele. E adormecera de cansaço.

Horas depois acordou com um ligeiro ruído, insistente, um zunido. Um pequeníssimo silvo, zumbido abafado, como se partisse de um motor.

Mecânico.

A seu lado o corpo do marido. Primeiro pareceu-lhe que havia nele, no seu corpo nu, braços estendidos nos lençóis, um ligeiríssimo estremecimento a percorrê-lo de alto a baixo. "*Estou a sonhar*" – imaginou, voltando a fechar os olhos para depressa os tornar a abrir, deixando cair a faca, som abafado no chão pneumático e macio.

Deixou tombar a faca e escutou aterrada aquele ruído contínuo, forte. Insistente.

E áspero.

Soergueu-se num cotovelo e fitou-o de perto. Morto. Deitado e morto. Desceu os olhos ao longo do peito do marido, até ao sítio onde deveria estar o coração: as feridas haviam fechado, cicatrizado, desaparecido.

Levantou-se de um salto, descalça, o vestido amarrotado e sujo por uma aguadilha sanguinolenta, de um rosado esmorecido. E ficou-se a escutar, incrédula, o ruído mecânico que partia do peito dele.

Do corpo dele, que estremecia e pouco a pouco ia ganhando movimento.

As pálpebras a palpitarem.

Gritou.

Um único grito.

Num imenso terror. Pela primeira vez a adivinhar a verdade que há meses tentava esconder a si mesma.

Gritou.

Um único grito estrídulo como o piar agudo e longo de um pássaro.

De um animal.

Incrédula, a vê-lo abrir os olhos e fitá-la. A erguer o tronco, mover as ancas no branco dos lençóis e endireitar as costas, soerguer os ombros, desviar as pernas da cama, poisar os pés ainda incertos no chão, começar a levantar-se, erguer-se, a pôr-se de pé sempre com aquele zunido a sair-lhe do peito e da boca ao abri-la num esgar qualquer.

O olhar vazio fixo nela.

Renata ficara parada no mesmo sítio, paralisada. Incapaz de um gesto ou de uma palavra. Apenas presa daquele grito único que não parava de lhe sair da garganta. De o soltar pela casa até ir aninhar-se lá em cima no sótão, a olhar a boca muda daquela mulher que talhara na véspera: enroscada de terror em si mesma, a cara virada para o alto, a boca escancarada.

Viu o marido começar a avançar na sua direcção, um pouco cambaleante, os movimentos ainda não totalmente coordenados. Como um autómato.

Como um andróide.

Um robot.

Renata ficou imóvel, à espera que aquela criatura se aproximasse dela. Cópia exacta. Não mais que uma cópia exacta do que o marido fora e ela se lembrava de ter amado. Uma criatura monstruosa.

Ficou quieta e pouco a pouco calou o grito. O grito contaminado, envenenado, que a sua boca lançava.

Mais um uivo que um grito.

Um uivo.

Mais um rouco estertor, um silvo, um gorgolhar na garganta, à medida que aquilo, cada vez mais perto, tornava estridente

o ruído metálico que lhe saía do peito.

Do sítio onde era suposto ser o lugar do coração.

Eclipse

No dia em que a mãe saiu de casa, vestida de shantung escarlate e casaquinho cintado cor de marfim, levando consigo duas malas de cabedal depois de ter largado as chaves em cima da cama por fazer, cobertores revolvidos puxados para trás, deixando ver o lençol de baixo ainda com a marca leve do seu longo corpo de porcelana branca, houve um ciclone que derrubou a vida de todos.

É o inferno, imaginou Laura. A tempestade com o seu estrépito parecia vir das entranhas da terra, de onde também partia o bafo escaldante e um fumo denso, mais névoa ou negrume de cobrir o sol, num imenso breu, ou como se estivesse cega e fosse preciso encontrar a saída do escritório tacteando à volta, recorrendo ao instinto e à memória: nas paredes maiores estão as estantes até ao tecto, com as suas prateleiras compridas de madeira encerada, por onde ganhara o hábito de passar os dedos numa espécie de carícia breve, a supor as histórias dos romances que lhe eram proibidos, assim como as palavras dos poemas degustados com lentidão estremecida, perturbando-se se o primo mais velho lhe ia espreitar sobre o ombro, com o seu hálito quente, levando-a a tropeçar nos versos. Mais adiante estava a mesa de canto D. Maria, com a floreira de rosas damascenas, a moldura trabalhada de casquinha, o cinzeiro e a caixa da Vista Alegre, e do outro lado o relógio de pé alto, pêndulo de precisão a trabalhar o tempo, numa regular monotonia entorpecedora.

Mas aquela manhã chegara embrulhada em negror, que num rapidíssimo galgar se espalhara, acre como o enxofre, num lastro de tragédia, e o jogo de faz de conta da menina acabou por se transfigurar numa espécie de ficção assustadora.

A precipitá-la no abismo.

Assustada, ela estremeceu e tapou inutilmente os olhos de um azul líquido feito de lágrimas retidas, no instante em que a desordem começou a tomar conta de tudo à sua roda: primeiro foram as jarras dos gladíolos, as canetas, o tinteiro, os cadernos de capa de oleado e os livros do pai que se soltaram, os discos, as gravuras, o lustre de cristal de Veneza, as figuras de biscuit voando como se tivessem asas; e em seguida as cadeiras, os candeeiros, as mesas, a secretária, e mesmo o seu banquinho de madeira com assento de palha entrançada, onde estivera subida à janela a espiar a mãe, que sem olhar para trás percorreu no seu passo dançante o curto caminho das pedras até à cancela de ferro entreaberta e alcançou a rua, cabelos louros ondulando nos ombros, um pequeno chapéu de feltro vermelho posto de lado.

"Mais valia que ela tivesse morrido", desejara malévola, vingativa, tornando a repetir numa zanga revolvida: *"Mais valia que ela tivesse morrido"*, choro oculto pelo novelo do seu fio de voz. *"Isso não se diz da própria mãe"* – repreen-

dera-a a avó, a fitá-la com severidade. Sem rebuço ela insistiu, hostil, dando força aos sentimentos ruins, impiedosa e fraca. E no entanto, era como se continuasse na sua obsessiva vigia voyeurista, pela porta entreaberta do quarto onde a mãe se arranjava, agitada, esvoaçando meio-despida, o robe a adejar como uma asa, mostrando as pernas longas e esguias.

"Como uma garça", lembrava-se de ter pensado, ao vê-la a hesitar entre o saia-e-casaco verde água que lhe realçava a pele alva de loura, e o vestido de shantung escarlate com o qual acabaria por sair, tendo como testemunha a filha, que por trás das vidraças lhe seguiu fascinada o andar dolente, tentando fixar-lhe para sempre a silhueta esquiva. Durante anos Laura acompanhara-lhe a indiferença, doendo-lhe o desinteresse aliviado, a alegria inconsequente, a imprevisibilidade dos actos, alternando entre a ardência e a frieza, o entusiasmo e o desprendimento.   Não se admirou, portanto, ao aperceber-se de que ela se vestia para partir, nem ao escutar o som dos saltos dos seus sapatos no mármore do patamar que dava para o jardim de gerânios, antecedendo a rua; limitou-se a subir para o banco junto da janela, de onde a observou a afastar-se: pequeno chapéu de feltro vermelho a escorregar nas ondas largas do cabelo lustroso,

detido apenas pelos ganchos invisíveis e a travessinha de tartaruga a aflorar-lhe a orelha de concha rosada; alheia aos ventos uivantes que a sua fuga desencadeara.

Laura atirou-se para o chão no momento em que os objectos começaram por erguer-se em torno dela com enganadores vagares de levitação, para logo treparem no ar gelado, rodopiando perigosamente, levados pela vertigem de um vento incontrolável, que no seu desatino ora os atirava para longe, ora os trazia até si e os devorava, desmesurado e punidor, usando a vergasta do medo. E ela escutou esse medo, o peitinho ferido por uma dor revolvida e absurda, os lábios secos, descorados e mordidos pela lâmina dos dentes. Imóvel, como se um sortilégio a prendesse e em simultâneo a invadisse pela devassa de menina culpabilizada, desamada e esquecida por falta de merecimento.

Ou de culpa merecida.

Tal como se sentira na obscuridade do corredor, a espreitar, pela fresta da porta, a mãe que fazia as malas: no fundo os soutiens de renda e as calcinhas de cetim, as camisas de noite e em seguida as meias de vidro, as blusas, os vestidos de seda e tafetá, e num canto o volume encadernado de "Madame Bovary", como se fosse uma bíblia. O cofre das jóias, os boiões dos cremes, o rouge, os frascos de perfume com essências de lobélia, de narciso e de nardo, iam na outra mala, que ela fechou pensativa e pálida. A caixa do pó-de--arroz e a cigarreira de prata guardou-as na carteira de verniz encarnado, igual ao dos sapatos de salto alto muito fino, idênticos aos das actrizes que copiava, seguindo-as nas páginas das revistas e no écran dos cinemas.

"Mais valia que ela tivesse morrido", pensou, quando ela entrou no carro e partiu, sem sequer acenar a despedir-se. *"Mais valia que ela tivesse morrido"*, teimou com afinco, sabendo quanto esse desejo lhe era interdito, mas não se arrependendo dele.

E foi nesse momento que Laura escutou pela primeira vez o rugido do temporal que irrompeu implacável, a sacudi--la, tomando-a e enregelando-a, chegando-se a ela, a envolvê-la e a empurrá-la, ansiando por guindá-la até ao tecto e daí às nuvens, de onde a soltaria no espaço. Ao sentir-se atraída para o centro de onde provinha a voragem insondável, enrolou-se sobre si própria, tentando passar despercebida, culpando-se já do que estava a acontecer, desmerecedora de felicidade e sossego; mas desconhecendo o significado dessas palavras estranhas, diante das quais, contudo, se sentia incerta e insegura. Face oposta da obstinação destemida da mãe, da sedutora segurança do seu andar elegante, atenta em não ondear as ancas estreitas, desagradada ao sentir o pequeno chapéu de feltro a oscilar nos cabelos dourados, só então dando conta de ter-se esquecido de o prender com os pregos de pérolas e granadas que, na pressa de fugir, largara no tampo da cómoda.

Da janela de onde a vigiava, a filha viu-a hesitar um tudo nada, como se fosse virar-se ou mesmo voltar atrás, para logo se arrepender e com um ligeiro encolher de ombros continuar até ao carro preto estacionado rente ao passeio. E Laura distinguiu uma mão masculina, forte e tisnada, abrindo a porta para ela entrar, tanto o pulso moreno com o relógio de ouro a contrastarem com o punho alvo da camisa.

Instante esse que entreabriu a guarda da menina, oferecendo o seu flanco à lâmina da espada, fio de lápis-lazúli a desenhar nela uma incisão muito fina, fissura que a tornará vulnerável. Tão vulnerável que, apesar de longe, a mãe estremeceu num pressentimento ruim, para logo mudar a expressão transtornada do rosto em riso leviano, por demais ciente de não gostarem os homens de mulheres melancólicas, de mulheres tristes. E atirou para trás os caracóis soltos, contente de o ter seguido na aventura. Cansada da inexistência árdua, menos bibelot do que aristocrata, vaticinada a um destino rasgado pelo brilho das grandes histórias de desespero e amor clandestino; um dia ansiosa pela banalidade de

Emma Bovary e no seguinte a preferir o drama de Anna Karenina.

Acabando por recusar a abnegação e escolher a fatalidade.

Hipóteses que Laura inventava enquanto se apercebia do deflagrar da tensão do final da manhã, entretanto transformada em vendaval implacável; poderoso e veloz como uma águia e tal como ela, cruel e carnívoro, garras em riste para a pegar pela cintura de friso da sua magreza e a levar consigo. Mas instintivamente esquivou-se, saltou do banco e rastejou a esconder-se entre o sofá de veludo e a parede, e aí se enrolou como fazem os bichos, a cara protegida pelo ninho dos braços, a cabeça apoiada nos joelhos de ossos salientes e miúdos a cheirarem ao verdete e ao ferro da escada de caracol de serventia às traseiras.

Escadas que balançavam um tudo-nada no ar, degraus oscilantes onde então se refugiara, sentada ao início da tarde, entontecida e acuada, a aguardar que se acalmasse a violência da tarde.

– *Estás a arder em febre!* – afligira-se a avó ao encontrá-la, pondo-lhe a mão muito leve e esguia e fresca na testa escaldante, a empurrá-la de volta à amenidade da sombra, onde a deitou na sua cama a cheirar a madessilva, manta leve a acalmar-lhe os calafrios e a secar-lhe os suores. Mal se afastou julgando-a calma e adormecida, a menina correu meio despida e descalça, sabendo como encontrar o trilho do odor materno, que a guiou resvalando de mansinho até ao quarto dos pais, onde ficou a tremer do lado de fora da porta, espionando pela estreita frincha os movimentos nervosos da mãe a preparar-se para abandonar a casa, que depois de ela sair a tormenta varreria, tão feroz como um animal predador escapado da selva.

"*Mais valia que ela tivesse morrido*", pensara, consciente da heresia, do desaforo, mas igualmente da chaga aberta no sentimento, num encantamento que já não queria para si. Um dia ouvira dizer que "mãe é mãe, mesmo se for uma silva"... Mas ela recusava a silva, o silvo, a ortiga, o espinho. Na verdade, mais do que o tornado, Laura temia o espinho, pois não havia salvação se o espinho ficasse cravado na alma, sem antídoto para o seu veneno daninho. Recuando diante dos picos aguçados dos cactos, ou dos picos afiados das rocas das histórias de fadas más e madrastas desalmadas, a quem nenhuma menina escapava. Rasura a intrometer-se na felicidade que o abandono destrói sem piedade de nenhuma espécie. Desconhecendo qualquer frescor capaz de atenuar a mágoa que a secura afiava, numa solidão sem apaziguamento.

"*Mais valia que ela tivesse morrido...*" – confessará Laura, misturando a ânsia com a reza, ajoelhada na capela do Colégio do Sagrado Coração de Jesus, terço de madrepérola esquecido na mãozinha suada, sob a vigilância severa das madres atentas ao cumprimento da disciplina, ao ensino do catecismo, às orações diárias das alunas de uniforme azul-da-Prússia. E ela por ali ficava quanto podia, como se apesar de tudo esperasse um milagre no qual nunca acreditara, porque ao deixar de crer, passara a dedicar-se com empenho a disfarçar a pequena assassina que nela tomara o seu lugar.

– *A tua mãe é maluca* –, irão dizer-lhe mais tarde, mas ela nunca virá a entender se as pessoas achavam que a sua mãe era louca ou a acusavam de leviana e adúltera. Lembra-la-á, isso sim, cintilando à medida que ia cedendo para acabar seguindo o trilho da paixão, deixando atrás de si um imenso rasto de desmoronamento, como se depois da tormenta uma onda gigantesca rolasse ávida, a arrecadar o que encontrara de mais precioso.

E rolando sobre si mesmo o furacão não se acalmava, sibilante e desvairado, a construir o casulo à sua volta, e nele a menina-larva, ínfima, menor. Angustiada ao ficar diante do eterno entendimento que fizera das duas: a mãe, um pássaro colorido e emplumado, e ela, uma mosca que a tempestade varreria de bom grado; sem comparação possível no comparável uma da outra, "tu, minha ilharga e pensamento escuso, no temor e no júbilo; tu, meu afago mesmo se não me afagas; tu, meu outro eu e idêntico lado"... Dividindo-se Laura entre o encantamento e o desprezo, demasiado pequena para tão desmesurada tarefa e intenso julgamento ou desatino camuflado de perda.

"Tu, minha perda; tu, minha pedra".

Olhos secos e fechados tentando olhar por trás das pálpebras de pétala descida, ou por entre os dedos peganhentos de vómito, de saliva e ranho. Não, não havia mais lágrimas para ela chorar, nem socorro que pudesse aguardar, embora sem esperança ou apesar do seu avesso. Abandonada e inquieta, desarticulada, fugaz e igualmente feroz.

A ignorar as vozes.

A avó encontrou-a de borco e desacordada no chão do escritório, com a lividez da morte, a boca entreaberta num soluço calado, as mãos emaranhadas uma na outra por cima da cabeça, num inexplicável e misterioso gesto de defesa.

E depois de voltar a si, continuou ausente e muda, alheada, olhar azul-hortênsia fito no absoluto nada.

– *Inconsciente...* – diagnosticou o pai, que era médico, e estava interessado em que ela fosse considerada vítima do abandono materno, exasperado de nela reconhecer traços da mulher que o abandonara.

— *Sai daqui menina, que me fazes lembrar a tua mãe!* — repeli-la-á mais tarde, ao vê-la aproximar-se em busca de carinho, como os animais.

— *Catatónica, quem sabe...* — acrescentou, evasivo, à cabeceira da filha para quem nem olhava.

No entanto, ela levantou-se pela calada da noite, as tranças desmanchadas ao longo das costas, olheiras a ensombrarem-lhe o rosto, insistindo em dissimular o corpo débil que, com acinte, colava à escuridade através da qual passava com jeito de assaltante, tentando disfarçar o sopro que era a sua respiração mínima, e iludir o roçagar dos pés nus, deslizando silenciosos no soalho encerado. De braços estendidos para a frente como se fosse sonâmbula, mas afinal cuidadosa, andar aplicado, temerosa de que o negrume onde mergulhara iludisse a percepção que o seu corpo possuia dos poços, dos precipícios, das quedas de água, das armadilhas que as trevas sempre guardaram no fundo limoso e lodoso das cisternas.

Pelas palmas de ambas as mãos juntas e abertas em leque perpassou um levíssimo tremor de apreensão, de quem pretende transportar, preservando, o pouco que resta de si, delicado e frágil. E à medida que ia fluindo, Laura curvava-se mais e mais um tanto, na protecção do que levava unido ao peito, na concavidade tépida criada pelo gesto imóvel que os dedos sustinham, sem brechas, sem esquinas, nem aspereza de nenhuma espécie: um pequeno coração rubro, a pulsar sobressaltado. Idêntico a uma rosa de sangue.

Tremeluzindo na cerração do eclipse.

Laura e Juliana

Junot embaraça-lhe o tom dourado dos cabelos com os dedos, tecendo com eles uma levíssima teia loura, quase transparente à luz nacarada que parece emanar da própria Casa do Lago do Palácio de Queluz, onde, sobressaltados, se encontram às escondidas.

Capturada nos seus braços, nua e incendiada pelo anseio que a consome, Juliana condessa de Ega geme baixo, viciosa do hálito, dos lábios que ele tem de uma lascívia depravada, e ela gosta de sentir descerem devagar, contornando-lhe a branda nudez acetinada.

A tentarem os dois olvidar a presença invisível de Laura, duquesa de Abrantes, mas a aperceberem-na a farejar o cheiro da paixão que ambos deixam escapar, pista perversa trilhada por ela na sua fúria silenciosa de mulher enganada; colando quanto pode o rosto comprido e macilento à porta trancada por dentro. A boca entreaberta a querer respirar até ao fundo do peito raso aqueles odores de rosas, de nardos, de gengibre selvagem, esgarçados pelo cheiro almiscarado dos orgasmos, dos quais consegue destrinçar a gama diversa de dois diferentes êxtases.

Obrigando-se a disfarçar a raiva corrosiva que a consome, responde cautelosamente às saudações dos fidalgos e dos oficiais que por inadvertência até ali chegam de passeio, ao deixarem para trás as alamedas das laranjeiras e dos limoeiros doces, ou ao descerem a ladear o canal revestido de azulejos azuis e brancos, com cenas de galanteria e temas de caça e desembarques, vindos pelo caminho das amoreiras, para tomarem a ponte que passa sobre a ribeira do Jamor, sem esperarem deparar-se do outro lado com a mulher do general francês, tomada pela mórbida palidez dos fantasmas.

E aqueles que por curiosidade olham para trás, dão conta da avidez com que ela volta a colar-se à porta, da qual sente na boca o amargor da madeira encerada e a acidez que emprestam à saliva os frisos envernizados, por onde perpassa devagar a língua a tentar, inutilmente, tomar o gosto do interior dos gabinetes fechados, através das rachas, das frinchas e das fissuras. Ansiando por testemunhar a íntima desordem que não vê, mas crê adivinhar, intuindo.

Deste modo a imaginar os perfumes opalinos, a verbena, assim como os olhos lápis-lazúli ressentidos e as longas pernas despidas da condessa de Ega cruzadas num apertado abraço em torno do largo pescoço de Junot, forte e viril na posse. Tal como ela, Laura, o tem mantido para si, ao longo dos anos de casamento. De bom grado submetida às suas duras ilhargas.

A impiedosa verdade, porém, é estar a ser trocada por uma esguia portuguesa de compleição febril, condessinha ardilosa na entrega ao inventar perder-se, quando ele mergulhado no seu sexo a ergue, levando-a até si conduzida por baixo das nádegas, e em seguida a afasta num ambíguo movimento de balouço que a faz desfalecer de gozo.

Noutras tardes, Junot e Juliana marcam encontro no Pavilhão de Madeira ao tombar do crepúsculo, tomando-a ele impaciente logo no vestíbulo onde a possui ainda vestida, depois de lhe ter rasgado as cullotes, que atira para o chão iguais a um despojo de guerra, enquanto os dois gemem, soluçam e se movem de encontro à parede na qual a sobe, para depois a descer sobre o pénis, a trespassá-la como se tivesse entre as coxas uma lâmina de prata.

Na Sala Vaga, a escorregar do canapé de pau-santo, largam o vestido cor de violeta-púrpura, e na Sala do Café, o saiote de goma e o espartilho de atilhos rebentados, cortados com os dentes. No corredor, viradas do avesso caíram as luvas altas, e na câmara que dá para o quarto, numa cadeira de coxim forrado a brocado verde-junco, dissimula-se absorta a camisinha de cambraia transparente, pesponto laçado nas alças de rolo.

No tremó da entrada estão o leque de marfim e o xaile de cassa bordado a crivo, e no tampo da cómoda de carvalho polido, onde adormecem os anéis de rubis, as alianças de safiras e a gargantilha de esmeraldas esquecida na véspera, resvalam as escravas de ouro para junto da estreita bracelete de águas-marinhas e dos pregos de granadas de prender o minúsculo chapéu de palha à mansa ondulação do penteado simples.

Enrodilhadas no tapete persa, junto do leito de docel alto, entorpecem-se na obscuridade mórbida as meias de seda branca e um único sapatinho de cetim, desirmanado.

Teima Laura, porém, em não lhes dar sossego ao segui-los de perto, ocultando-se na sombra das folhas dos castanheiros e dos ulmeiros, a recusar os frescores da cascata, das cisternas e dos reservatórios, dos tanques e dos lagos de mármore espalhados por toda a parte, cansada dos jactos e dos jorros, dos jogos de água, das fontes, dos repuxos erguendo-se nos jardins acima das moitas de buxo e de murta. E quando Juliana entra clandestina, fazendo chiar os gonzos enrijecidos pela ferrugem sanguínea do portão de trás, quase encoberto pelo mato de silvas e urtigas, de espinhos e cardos entretanto crescidos, a duqueza de Abrantes mantém-se por perto, arquitectando planos de vingança; saquinho de pele de morcego, com veneno, pendurado no cinto bordado a diamantes, juntamente com a sua curta adaga lívida.

Sabendo-se ao abrigo dos olhares indiscretos e evitando as grandes gaiolas dos pássaros exóticos, tenta espreitar através dos vidros das janelas de adufa, mal defendidas pela nuvem diáfana das cortinas, a impedi-la mesmo assim de distinguir os corpos enovelados. E nervosa seca o suor frio das palmas das mãos na saia direita do fato de seda amarelo torrado, com a bainha salpicada de lama já seca, a desenhar-lhe a magreza nervosa das ancas morenas e lisas que apercebe em brasa.

Deitados exaustos nos lençóis de linho, os amantes escutam-lhe os passos que ela nem disfarça, em torno do Pavilhão rodeado por japoneiras com botões cor de cera, e canteiros de lírios, gladíolos, cravos da Índia e açucenas desnorteadas. Então, Juliana assusta-se para logo se perder de riso, afoita, sabendo-se a favorita, a eleita do poderoso Governador Geral de Portugal. Defendida, também, pela conivência calada do conde de Ega seu marido, que a protege de tudo menos da má língua de toda a Lisboa, apupada quando passa prudentemente a coberto da escuridade luxuosa da carruagem brasonada.

Sem sequer se importar de apenas ser admirada nos salões, nas cavalhadas, nos bailes de gala esplendorosos, nas missas militares ditas na igreja de S. Domingos, ou quando monta os cavalos da Casa Real, seguida pelo criado negro; desejada por aqueles que lhe fazem a corte, invejada pelas outras fidalgas tão afrancesadas quanto ela, coniventes com o invasor.

No espaço social, no entanto, quem manda por direito próprio é Laura Saint-Simont Permon, que nunca perde uma ocasião de a humilhar, de afirmar bem alto em tom atemorizador, às senhoras portuguesas e francesas que a adulam e receiam, enfastiando-a: *"Tenho por inimigas todas as mulheres que, conhecendo-me, tentam roubar o coração de meu marido"*.

Quando a ouve repetir esta frase, Junot tenta acrescentar um sorriso sonso, dizer uma graça solta, simular divertir-se com a velada advertência. Se ninguém se encontra por perto e é a si que Laura dirige a ameaça, tenta acalmá-la abraçando-a com a ternura possível, à qual a vê esquivar-se orgulhosa na fuga, geniosa, olhar aceso de ódio e semblante carregado, revolvida nos recessos dos seus ressentimentos.

A duquesa de Abrantes sempre se mostrou intolerante com as tibiezas, as fraquezas do marido, sem jamais pensar em abandoná-lo; limitando-se a afastá-lo de cada nova amante, maldosa e tenaz nos métodos com que prepara a queda de cada uma.

Informada dos seus métodos, Juliana teme-a, e ao supor escutar, vinda de fora, a sua respiração ofegante, a esgueirar-se trepando, marinhando, rastejando até à cama na qual estão abraçados, encolhe-se arrepiada a procurar refúgio debaixo dos lençóis, onde encontra intacto e grosso como um cordão retesado o intenso cheiro do suor dele, numa mistura metálica de zimbro e verdete que lhe exaspera o desejo. E só se tranquiliza quando Junot a puxa para cima, a colhê-la na sua meiga nudez de pétala, para tornar a cobri-la com uma explosiva masculinidade implorativa.

Finalmente saciados, deixam-se cativar pelas esvaídas e difusas claridades dos lentos vagares do ocaso, enquanto no oblívio do mundo vão bebendo champagne ou malvasia. Perdida nos seus langores melancólicos, Juliana tem estremecimentos febris nos ombros e nos seios despidos, a taça de cristal de Veneza a fazer-lhe oscilar o pulso quebradiço.

Mais tarde, por entre os cortinados afastados, distraem-se a ver a queda, na direcção do palácio, do fugaz brilho das luzes das estrelas cadentes, assim como os delicados vultos das corsas esquivas, que tal como os veados e os gamos só àquela hora se atrevem a sair do abrigo dos bosques, aproximando-se do parque pelos maciços de gerânios, dos loureiros e da madressilva. Do canal, chega-lhes o grasnar dos cisnes negros, antes de recolherem a cabeça sob as asas tufadas, tal como o balido triste das cabras de Angola.

Sem darem por isso estão a adiar a despedida inevitável; joeiram o parco tempo que lhes resta, defendidos pelas paredes forradas a damasco carmesim, presos ainda pelo fio do sonho; e só os gritos aflitivos das águias prisioneiras nas suas gaiolas douradas os trazem à realidade.

Enganados pelas obscuridades oscilantes e esparsas que as velas meio consumidas espalham em torno, reerguem-se de entre os édredons, as mantas de marta, as colchas, os travesseiros, as almofadas: amolecidos e estremunhados, como se tivessem dormido. E já de pé tropeçam, vacilam, cambaleiam em busca de equilíbrio, fitando-se de passagem sem se reconhecerem nos inúmeros espelhos com moldura de talha onde se vêem reflectidos.

Mas só Juliana dá conta, espavorida, seguindo o fio de negrume da noite entrecortada pelos fogos-fátuos alvacentes, do prolongado e melancólico rugido do tigre, vindo do lado das jaulas dos animais selvagens.

Num presságio ruim.

Azul-cobalto

Devia tê-la morto.
Devia tê-la afogado no banho.
Tive tantas oportunidades para isso. Quando me estendia o braço magro para lhe passar o sabonete leitoso, que gostava de deixar dissolver na água quente, fumegante; assim como os sais prateados, brilhando no fundo do frasco. Ou então quando punha primeiro uma e depois a outra perna fora da banheira, estendidas, longas, docemente rosadas e começava, em desequilíbrio, a ensaboá-las devagar. Ou quando se deixava afundar, os cabelos a boiar à superfície da água e eu a via de olhos fechados como uma morta, durante um tempo infinito, que a mim me parecia uma eternidade, sentindo um nó apertado na garganta subitamente contraída pelo grito que não soltava.
De medo puro.
Bastaria ter carregado durante uns segundos, com toda a minha força, as mãos pequenas bem assentes nos seus ombros. Talvez tivesse que saltar para dentro da banheira a fim de a calcar bem no fundo, até os olhos se lhe escancararem.

Pasmados e vazios. De azul-cobalto.

Será que ela se teria defendido? Será que teria estrebuchado? As pernas esguias, esguias, convulsamente a tentarem livrar-se das minhas, enroladas, entrelaçadas, como se cerzidas, enroscadas nas suas.

Será que ela teria tentado salvar-se dos meus dedos, nervosos e persistentes nos seus ombros tão quentes, ensaboados e escorregadios debaixo de água?

Teria tentado fugir, ou submeter-se-ia, com alguma passividade ao meu desejo de a ver morta?

Depois seria finalmente o silêncio dentro de mim.

A paz.

O vazio absoluto, terminal, onde me pudesse encolher, aninhar a um canto da penumbra, da luz filtrada pelo vitral do esquecimento que aí começava. Que aí se iniciava o meu começo, a partir do crime.

A partir da paixão assumida.

Da paixão empunhada como uma bandeira negra, de pirata ou de corsária, como nas histórias de aventuras que lia de bruços no chão do meu quarto. Atenta à ausência da sua presença pela casa. Do seu cheiro.

Perdendo-me sem dar conta disso.

De manhã ela dormia até tarde.

Na sua cama de linho, de cetim e de veludo.

Quando ficava em casa todo o dia, estendida no sofá dourado da pequena sala arte nova, cheia de flores nas jarras de porcelana ou de cristal facetado, a folhear revistas de capas cintilantes, sedenta de conhecer melhor as vidas das actrizes de cinema que parecia copiar, num quotidiano enfastiado.

Entediado.

De manhã dormia até tarde. Na sua cama de cerejeira com um abaulado espaldar de embutidos.

Quando ficava em casa todo o dia, quase nem se mexia, aninhada em torno de si própria, punha repetidamente os mesmos discos na grafonola alta. Sobretudo "Madame Butterfly" de Puccini, que ouvia com lágrimas nos olhos.

Revendo-se em que paixão desavinda?

Às vezes eu mergulhava as mãos até aos pulsos na água do seu banho, a encharcar a lã dos punhos das camisolas. No verão afundava os braços nus e ficava muito tempo a respirar o vapor tépido dos sais e do odor do seu corpo, do perfume que, insistente, persistia à tona, misturando-se com a espuma translúcida dos sabonetes redondos, na esponja espessa que passava pela boca ressequida, a língua explorando aquela rugosidade boa, engolindo a água morna que me escorria pela cara a molhar a blusa, a saia de pregas e sobretudo o bibe de peitilho bordado a ponto-pé-de-flor, atado atrás com um grande laço branco.

Sentia-me sufocar, o coração estilhaçado e sem nenhum ar no peito, tentando não fazer barulho quando voltava a respirar, sofregamente, engasgada e tonta.

Hoje sei que ela nem dava por mim, encolhida, recolhida aos pés da banheira esmaltada, alta, com garras de grifo de um metal esverdeado.

Embrulhada no enorme lençol turco cor-de-rosa, os cabelos presos por uma toalha posta como se fosse um turbante, ela nem me via, deslizava logo para o quarto ao fundo do corredor sombrio, quase à frente da porta da rua mas do lado esquerdo.

Algumas vezes punha o robe cor de damasco, escorregadio, a roçar o chão, como as artistas do cinema americano, nos enredos que seguia fascinada nos ecrãs dos cinemas, tardes inteiras na escuridade das salas, cortada apenas pelo foco da projecção.

No quarto deixava tombar a toalha no tapete oval à frente do espelho alto de corpo inteiro, e começava a passar na pele o creme que tirava, vagarosamente, de um boião redondo de vidro opaco, sempre poisado no tampo de pedra-mármore do toucador de madeira-cetim.

No quarto fazia escorregar o robe para o chão e com a ponta dos dedos percorria o corpo, suavemente, a demorar-se nos seios, nas ancas, nas coxas, nas virilhas, espalhando o óleo doce que guardava num minúsculo frasco, à mistura com os de perfume, as caixas e as borlas de pó-de-arroz que se soerguiam, leves, ao toque da sua respiração breve, esgarçada, ao debruçar-se sobre elas, a misturarem-se nos seus tons lívidos, diluídos.

Eu segui-a na ponta dos pés, emboscada nas sombras do corredor, e se ela não fechava totalmente a porta esquecia-me do tempo a espreitá-la, a olhá-la pela estreita frincha: nua, os cabelos encaracolados nas pontas ondeando até aos ombros. Curvando-se para espalhar o óleo de amêndoas doces sobretudo nos seios, na barriga lisa, nas ancas estreitas, no interior das coxas entreabertas; depois descia até aos joelhos, continuando com pequenos toques em torno dos tornozelos; e depois subindo de novo até às axilas depiladas.

No púbis punha uma gota de essência almiscarada, de um frasco que guardava na gaveta onde estavam as pequenas calças e soutiens de seda e renda preta.

Se ela saía, eu ia cheirar-lhe os vestidos, as saias e os casacos pendurados no guarda-fatos, a roupa interior arrumada nas gavetas impregnadas daquele odor a madeiras, perfume adocicado, espesso, com uma gota de acidez a escapar do frasco de vidro toldado, pousado a um canto, como se tentasse ocultá-lo. Estreito, amarelado, com a marca gravada: Channel nº 5, como Marilyn Monroe. Pegava-lhe a medo temendo derramá-lo, os dedos a tropeçarem na rolha de vidro translúcido, uma bola com o seu pequeníssimo pé ajustado ao estreito gargalo um pouco áspero. Gostava de a ver passar a essência atrás das orelhas, nos pulsos, entre os seios que os decotes fundos mostravam, mas também na tépida curvatura dos braços despidos.

Lembro-me de, num fim de tarde em que olhava a luz do crepúsculo através da iridescência desse frasco, parecer-me ouvir lá dentro o crescendo trágico da ária "Un bel di vedremo", que ela sempre escolhia, da ópera "Madame Butterfly".

Fiquei a chorar sem saber porquê, perdida no silêncio profundo do final do dia, a sentir o vidro na palma da minha mão subitamente trémula.

No espelho do toucador, os meus olhos pareceram-me sem cor, como se extintos por dentro. Sem pressa, repus a roupa no seu lugar e, sem ruído, cosida às paredes, esgueirei-me pela porta que deixara encostada. Da cozinha vinha um cheiro bom a chocolate quente, que no entanto me deu volta ao estômago.

O pai, às vezes, dizia-me: *"pareces uma sonâmbula, a andar pela casa"*.
Punha as mãos atrás das costas e calava-me.
Na verdade, sempre a conheci desatenta.
Em busca de situações, de emoções, que estavam fora de casa, longe de nós.
Recordo-me de a ver dançar o tango nos braços de alguns dos homens sedutores que a rodeavam, no casino da praia para onde íamos no verão. O meu pai ficava a trabalhar em Lisboa, no Hospital de Santa Marta.
Vigiava-a enquanto bebia champagne, os lábios pintados de vermelho a deixarem a sua marca de sensualidade nas bordas das taças largas de cristal, a rir muito alto, linda de morrer, nos seus vestidos justos ou soltos e leves sobre as ancas.
Volteando.
Uma noite, no princípio da guerra, ia alto um Outono chuvoso e frio, reparara como a sua cara primeiro se manchava de branco e em seguida de vermelho, com a luz forte

dos holofotes que cortavam o céu nocturno. Estávamos ambas na rua, mas já à entrada de casa, as duas de mãos dadas, os meus dedos nus apertados nos seus, enluvados por uma pelica fina e quente.

Foi um momento só nosso, que ainda hoje guardo.

Mas ela logo ficara desatenta,

inquieta e impaciente.

Devia tê-la morto.

Devia tê-la afogado no banho.

Seria o terminar do tormento, da sensação de abandono permanente, do ciúme, da atracção e da mágoa. Ressentimento. De desejo submerso e de culpabilização. De paixão absurda e de obsessão sem nome. Um imenso vazio viria substituir tudo isto. Instalar a calma na tormenta. A bonança tomaria o lugar da tempestade solta pelos ventos e pelos oceanos da alma e do corpo que não se aquietavam.

Limitar-me-ia a ficar imóvel, num sítio qualquer, agachada no escuro, talvez a imaginá-la ainda e ainda, mas não mais do que isso. Sem os seus súbitos e inesperados olhares de ódio, que eu não sabia explicar. Ou sem a sua indiferença, o seu permanente esquecimento de tudo e de todos nós.

Às vezes ela saía com um pequeno chapéu preto de plumas igualmente negras ou grená, posto de lado no cabelo louro enrolado em torno da nuca. Um pequeníssimo chapéu preto com um levíssimo véu que mal lhe cobria os olhos azul-cobalto, realçando-os, intensificando-os, por trás da rede apertada, quando a puxava para baixo sobre o nariz e o início da boca: num dos dedos, brilhava uma safira, retendo todo o sol da tarde.

Ia ter com o amante – adivinhava – e ficava sem me mexer até ela regressar à noite, muitas vezes atrasada para o jantar, a sopa a arrefecer nos pratos fundos com minúsculas flores pintadas em redor das bordas recortadas. Todos sentados em silêncio nos seus lugares, o pai à cabeceira da mesa, na cadeira de espaldar com o assento forrado de veludo vermelho sanguíneo.

Por fim ouvíamos a porta da rua a ser aberta ao fundo do corredor, os saltos agulha que ela usava a pontuarem os passos firmes e leves em direcção ao quarto, por certo despindo e atirando o casaco para cima da cama, tal como a mala de verniz, pequena, entreaberta, de onde escorregavam as chaves, a caixa de pó-de-arroz, e um lenço de cambraia branco moldado nervosamente numa bola.

Farejava-lhe o cheiro, perfume e cremes misturados no seu corpo, e a minha língua ganhava, inesperadamente, uma secura rugosa, na qual passava a ponta do guardanapo. Sentia a saliva salgada, como se tivesse chorado, com as lágrimas, sem pressa pela cara abaixo, a entrarem-me na boca.

A avó era a única pessoa que sorria quando ela finalmente chegava à sala de jantar, tão nova como uma menina, compondo o vestido ao longo dos quadris estreitos, dizendo – *"não me apetece nada comer"*, as mãos voando em direcção ao copo de água que bebia cheia de uma sede inexplicável para todos nós.

Nunca dava uma desculpa, uma explicação.

– *"Eu sou o teu marido"* – ouvira o meu pai dizer, fechados ambos no seu escritório, para onde iam quando queriam discutir.

"Qualquer dia não volta para casa", pensara – "Fica com o homem com quem vai encontrar-se". Em sítios que eu não conhecia.

Qualquer dia não volta para casa – imaginava.
Foge.
Abandona-nos.
Afasta-se de nós por entre as brumas dos cais. Das rosas dos bosques. Dos mares das praias. Das sombras das florestas. Da prata da lua.

Qualquer dia não volta para casa – percebia.

Adormece para sempre nas camas por onde vai passando, vivendo histórias fascinantes, como nos filmes. Pois o que ela desejava era viver como uma personagem, ser uma actriz do cinema americano, e eu sabia isso.

A família era o seu único acidente real.

Devia tê-la morto.

Devia tê-la afogado no banho.

Quase distraída; apenas com o coração a bater mais forte no meu peito raso, onde gostava de passar as mãos quando me deitava debaixo dos cobertores, a cabeça enterrada na almofada, a tentar evitar os ruídos.

Devia tê-la morto, pela calada, veneno no copo de whisky que ela bebia sempre ao fim da tarde, quando ficava em casa. Ou no chá da manhã, a chávena a transbordar no pires, colocados no pequeno tabuleiro de prata, o guardanapo de linho branco dobrado junto ao prato das torradas.

Quando a criada lhe ia levar o pequeno-almoço à cama, seguia-a, na ponta dos pés, lá atrás, a querer vê-la a dormir, com os cabelos espalhados na almofada. Tinha os ombros fora da dobra do lençol: os ombros nus sublinhados pelas alças estreitas das suas camisas de dormir de seda, de cetim, de crepe-da-China.

Tal como aprendia nos filmes: Lana Turner reclinada na colcha cor de pêssego, a sorrir a um homem seminu. Ou Rita

Hayworth, languidamente em contraluz a olhar pela janela, entreabrindo somente um tudo nada as cortinas, a camisa até aos pés, a colar-se às pernas sem fim.

Umas altíssimas pernas moldadas pelo tecido macio ou pelas combinações cor de malva, as combinações negras, a desenharem-lhe as virilhas, as coxas, a tombarem quase justas, com os seus secretos entremeios de renda.

Eu decorava-lhe os gestos e suspendia a respiração quando ela erguia os braços mostrando as axilas onde passava ao de leve a enorme borla branca, mergulhando-a antes na caixa redonda de pó de talco, com uma mulher-arlequim na tampa redonda de um cor-de-rosa baço.

Se me descobria a espiá-la, dizia apenas, "*Ah, estás aí...*", desinteressada, e logo se esquecia de mim, que permanecia imóvel no meu canto, muda, a vê-la arranjar-se: passar o bâton vermelho-rubi pelos lábios, o lápis nas sobrancelhas louras do tom dos cabelos e dos pêlos do púbis: de um ouro claríssimo e luminoso.

Ia ter com o amante – adivinhava.

E quando ela saía batendo com a porta da rua e logo a seguir com a cancela baixa do jardim da casa, corria para o quintal, nas traseiras, a descer entontecida a estreita escada de ferro em caracol, degraus oscilantes, a provocar-me um fremente arrepio de medo. Já na relva punha-me a andar à roda, em torno de mim própria, vezes sem conta, mais depressa e mais depressa, até cair nauseada no chão, a ouvir o chiar do moinho de vento em cima do poço do quintal ao lado, a fixar o céu terrivelmente azul, entontecida, como se continuasse a rodopiar, numa vertigem a que me entregava com um gosto ácido a rebuçado amargo.

E ficava a imaginá-la em diversas situações. A seguir-lhe os passos que caminhavam para lá do possível.

Flexível.

Com meigos reflexos nas asas que apenas eu parecia ver desdobradas nos seus ombros até à altura da nuca breve, humedecida nos dias quentes de verão.

Ia ter com as amigas, com o amante, com a voracidade dos dias que aconteciam do lado de fora da nossa casa; afastada de mim.

Às vezes inventava-lhe apaixonados, com os rostos dos actores que ambas víramos em vários filmes: Clark Gable ou Humphrey Bogart, a voz forte e a fatalidade no olhar e nos gestos viris, sedução com a qual eu nunca poderia competir.

Numa tarde de férias de Agosto, um deles levara-nos a voar por cima da praia, rasando o mar, numa avioneta insegura, frágil. Sozinha lá atrás via-a reclinada no ombro dele, cheia de prazer, rindo muito do hipotético perigo para o qual inconscientemente me arrastara, esquecida já da minha presença silenciosa.

Então friamente tentei matar-nos, puxando uma pequena alavanca que descobrira junto do assento improvisado onde me tinham sentado. Lembro-me de imaginar que esse meu gesto nos iria fazer cair, precipitar-nos no mar lá em baixo, a sermos engolidos pela ondas, que vistas lá de cima pareciam quase lisas e imobilizadas.

À minha frente, os cabelos dela enredavam-se de vento.

Devia tê-la morto.

Devia tê-la apunhalado no lugar do coração, com a faca de abrir os livros que o pai me dera nos anos e que eu guardava todas as noites debaixo do travesseiro, ao alcance da mão.

Apunhalá-la enquanto estivesse a dormir, sobre o seio esquerdo, a mancha de sangue alastrando primeiro na camisa de noite, depois no lençol e em seguida ensopando o colchão.

Escorrendo pelo soalho.

Será que teria sentido alguma dor? A faca de lâmina afiada a abrir nela o caminho até à morte.

Implacável.

Será que tentaria fugir à minha mão fraca mas firme, embora aparentemente trémula? O corpo convulso distendendo-se logo num último espasmo, um ruído rouco soltando-se da sua garganta.

Depois, finalmente, seria o silêncio dentro de mim.

E a paz.

Às vezes chorava por ela, na cama, inutilmente à espera que viesse para se despedir e aconchegar-me, como fazem as mães que encontramos nos livros.

Mas ela esquecia-se.

Esquecia-se sempre de mim, como se me enjeitasse, se enfastiasse de me ver perto dela, colada às suas saias, sem palavras.

Nunca houve palavras entre nós.

Nunca houve gestos. Nem ternura. Apenas esta avidez. Esta minha avidez. Esta minha vontade de a morder, de lhe lamber os cheiros. De lhe percorrer a sombra quando ela passava, perdida nos próprios pensamentos, sempre demasiado longe de casa, onde permanecia apenas o tempo de dormir e de se arranjar para voltar a sair, tardes e tardes inteiras, por vezes à noite, também, vestindo-se para um jantar, para ir a uma recepção, ao cinema, à ópera.

Quando foi a S. Carlos assistir a "La Traviata" de Verdi, levava um longo vestido negro de seda natural, descobrindo-lhe o peito e os ombros, escorregando nas ancas magras, grande decote afundando-se nas suas costas alvas e desmaiando entre os seus seios de rola assustada. O colar de pérolas pareceu-me uma nuvem de um branco opaco, enrolado como uma corda de seda. Uma cobra. E o leque, que nunca abria, era de penas escuras, nubladas, nocturnas.

No dia seguinte li às escondidas o libreto que o pai deixara sobre a secretária, no escritório repleto de papéis e de livros sempre bem arrumados, onde me ia refugiar todas as tardes. Foi quando finalmente consegui ler alguns deles, que entendi a paixão. E o sabor acre e vicioso da obsessão, pois reconheci nas suas descrições o gosto a cinzas de vulcão nos meus lábios.

Constatei também o abandono.
A perda.
O infringir dos limites.
Reconheci-me nas pessoas destituídas de amparo.
De carinho.
De tranquilidade.
Continuando, no entanto, sem o entendimento desta sofreguidão; desta minha voracidade. Desta minha vontade de lhe lamber os traços, o voo, o destino que ela tentava moldar à sua vontade, à ambição de si própria mais do que de todos os outros que, afinal, não queria. Não conseguindo enxergar nada tão perto que a sufocasse de emoção.

– *Vai lá para fora brincar* – mandava a avó, apreensiva, empurrando-me, atando-me os atacadores das botas, afagando-me a face, arranjando-me o lanche que eu nunca comia, transformando em borboletas os laços das minhas tranças.

– *Tu não comes nada* – ralhava branda, mas eu não me esforçava, conseguindo apenas engolir à pressa o leite, sem lhe tomar o gosto. Tudo o que me davam a provar repugnava-me, mas apreciava estar na cozinha a respirar o fumo da madeira queimada no fogão preto chapeado de cobre, a cheirar as gorduras derretendo nas frigideiras, a ver o açúcar a ganhar ponto nos tachos.

Sobretudo adorava respirar o ar que a minha mãe respirava.

Inacessível.
Intocável.
Absurdamente distante, como se a sua imagem fosse apenas a projecção numa tela, que ela mesma criasse.
Imaginasse. – Se imaginasse.

Eu imaginava-a. Idealizava-a e incendiava-a. Recriava-a.

Morta?

Juntas e coniventes as duas, somente em tudo o que dizia respeito ao cinema, nos filmes que víamos e amávamos. Cenas e personagens femininas que ela parecia repetir, como se a sua vida fosse uma série de "remakes", aos quais eu assistia todos os dias, revendo ao seu modo "O Carteiro Toca Sempre Duas Vezes"... Lana Turner perdendo-se no próprio desejo, na sua incomensurável solidão. Filme de que tanto gostámos.

Escondida atrás das cortinas da sua sala de estar, ouvi uma amiga perguntar-lhe: "*Serias capaz de matar por amor?*" Não respondeu, subitamente pálida e ausente, o olhar refugiando-se longe, com uma ponta de desespero.

Eu seria capaz.

Ela enchia a casa com hortênsias vindas dos arredores da cidade da Horta. Algumas cor-de-rosa alilasadas, outras azuis, de anil e especiarias, tomando por vezes o tom do mar que bramia sem descanso, batendo no paredão. A estátua do Infante D. Henrique encimava o largo com bancos de madeira pintada, virados de frente para as ondas.

O ar era quase sempre salgado.

Sentia a humidade persistente do Faial nos braços despidos, nas pernas sem meias, nos pés vulneráveis a resvalarem nas sandálias abertas.

Mas a mãe detestava a ilha, passeando de trás para diante em casa, como um animal selvagem em cativeiro. Cada dia mais magra e pálida, com o olhar cruel cada vez mais enlouquecido.

Agressivo.

Quantas vezes dei com ela a olhar-nos com ódio? Uma espécie de raiva surda que só se acalmou no dia em que, deixando o pai para trás, as duas tomámos o hidroavião de volta a Lisboa.

Silenciosa, perdida em si mesma.
Tinha os olhos da cor das hortênsias.
Azul-cobalto.
Por vezes, debaixo de um sol intenso, ao meio-dia, na ilha encharcada de sol transparente: azul-cobalto.
As hortênsias.
Os olhos que semicerrava, encandeada pela luminosidade do meio-dia, antes de mergulhar nas ondas que rebentavam aos meus pés; ficava a olhá-la a nadar, cada vez para mais longe.
Inquietantemente para muito longe.
Quando regressava e se deitava na areia escaldante, o seu olhar era ainda, inalteradamente, azul-cobalto, enquanto fitava o céu até adormecer.
Uns olhos ácidos. Iguais aos meus, quando os fitava no espelho, esquecida do mundo lá fora, o cristal dos frascos e as caixas de pó-de-arroz com uma leve tampa de prata trabalhada, reflectidos na parte baixa desse espelho com uma moldura escura, pendurado sobre o toucador do seu quarto.
Quando ela não estava.
Tinha os olhos cor das asas das borboletas.
Azul-cobalto.
Às vezes eu tinha pesadelos com a sua morte. Sonhava com a sua morte. Vi-a morta, a boiar à tona de água na banheira enorme, ou estendida na cama ou no sofá da sala, o veneno a roer-lhe a carne, como uma moderna e fatal Madame Bovary.
Ela era fatal,
o punhal enterrado por mim no seu coração até ao cabo de marfim, como nos romances de Agatha Christie e nos filmes policiais.

Acordava aos gritos, a tremer de frio no meu pijama colado ao corpo magro por um suor gelado de febre. No dia seguinte, a avó contava-me que eu havia gritado, dito a dormir coisas disparatadas, sem nexo, e assustada mandava-me ir para o jardim, onde eu ficava cismada, a esmagar pétalas de flores vermelhas dentro de água, até obter uma mistura fulva e ambígua, antevendo menstruações futuras, que então só conhecia dos misteriosos panos escondido nos cantos escusos das casas de banho, ou nas caves onde as criadas os punham de molho em alguidares de zinco.

Hoje entendo a lentidão dos meus gestos, fazendo tempo para regressar a casa, onde ela provavelmente estaria a arranjar-se para sair: a subir as meias de vidro, devagar na pele acetinada das pernas, primeiro na da direita, o pé apoiado na borda da cama, o joelho erguido; depois na da esquerda, do mesmo modo ínvio, fitando-lhes o brilho transparente, à medida que as fazia deslizar, primeiro uma e logo a outra, sublinhando a estreiteza esguia dos tornozelos breves, levando-as de seguida até meio das coxas, parando-as antes de chegarem às virilhas, ou talvez um pouco mais abaixo, até onde ela subia as ligas pretas de renda, ali onde começava o rebordo mínimo da cueca a tapar o púbis encaracolado.

Presa àqueles gestos que conhecia de cor, passava-lhe os sapatos da mesma cor da saia justa, traçada à frente, de que eu gostava bem mais do que das calças compridas, largas, que na altura desafiavam a moral e os bons costumes burgueses, melhor do que a justeza dos vestidos ou as rachas discretamente abertas atrás, no início da curva das pernas.

Porque ela era discreta.

Como a Greer Garson.

Mas com aquele tom provocante de desafio, que fora buscar a Lauren Bacall, cigarro longo entre os dedos, a perna traçada, a anca estreita que sabe suspender, de súbito, no movimento ondulado do andar.

Talvez fosse nessas alturas que mais tinha vontade de a fazer desaparecer-prender com um simples gesto:

Apagá-la.

Tirá-la, arrancá-la da memória.

Mas, em vez disso, permanecia quieta, escondida, a ouvi-la rir alegre com as amigas, a contarem suspeitosos segredos umas às outras.

Ou ficaria apenas a estudá-la, desapiedadamente, enquanto tentava adivinhar, atenta, o que os homens lhe murmuravam ao ouvido?

Eles tinham o cabelo acamado, luzente de brilhantina, fatos escuros de traço severo, uma mão segurando o copo grosso e a outra dentro do bolso do casaco a formar um alto como se fosse uma arma, numa cena de filme policial, onde Humphrey Bogart mimava na perfeição a virilidade e o cinismo dos homens.

"Vai-te embora!" – mandava, expulsando-me de perto das suas saias, ou se me descobria a espreitá-la pela frincha da porta, ou atrás de algum cortinado, a espiá-la. E eu mantinha-me no mesmo sítio, pois ela já não dava por mim, como se de súbito me tivesse tornado transparente.

O pai fechava-se no escritório, a trabalhar. Debruçado sobre os livros e os cadernos, pondo Beethoven no gira-discos, a tentar abafar os fados de Amália, os tangos argentinos e os risos à mistura com as vozes em tumulto que lhe chegavam do fundo da casa.

"*Toma conta da tua mãe*" – lembrava-me muitas vezes. Antes de me deitar, desmanchava sozinha as tranças, tapava melhor as minhas irmãs adormecidas, entreabria as portadas de madeira da janela, a fim de perscrutar o escuro da noite, para além do luar que fazia brilhar a amendoeira do quintal enovelado nessa claridade difusa, a esbater-se num céu imenso onde já não vislumbrava os holofotes da guerra, com a sua luz branca e encarnada, varrendo depressa o espaço no qual gostaria de me perder um dia. Os vidros das janelas também não guardavam aquelas tiras de papel coladas, a cruzarem-se umas sobre as outras.

Afinal, quantas vezes não desejei que um avião nos viesse bombardear, cortar a minha solidão, que na altura nem entendia o que fosse.

"*Esta menina não tem mãe*". – E a professora apontara para mim com o dedo espetado, em plena sala de aula, acrescentando: "*Por isso ela é assim...*"

Assim como?

Não explicara. Encolhi-me ainda mais no meu lugar, cabeça baixa, envergonhada, enquanto a freira continuara a falar, sem que eu entendesse o que ela estava a dizer. Nessa madrugada permanecera acordada, e de manhã estava com os olhos pisados mais pelo ódio do que pelo desgosto da verdade que ela expusera diante de todos.

Pois mesmo antes de sair de casa e nos abandonar, nos deixar para trás, ela já não estava lá connosco.

Comigo.

Comigo, ávida da sua atenção.

Esfomeada.

Tal como ainda agora, atormentada.

Nesta obsessão que me vai corroendo,
pouco a pouco.

As correias de cabedal a segurarem-me, a prenderem-me, magoando-me os pulsos e os tornozelos, à estreita cama de ferro, de coberta muito esticada, sem uma única ruga.
Vejo-me como se fosse ela que estivesse aqui deitada.
E um vómito ardente começa a formar-se dentro do meu peito, grosso, enorme, avassalador e tenaz,
numa última agonia.

Índice

Lídia • 9

Calor • 37

Leonor e Teresa • 47

Uriel • 53

A princesa espanhola • 60

Transfert • 67

Raízes • 101

Efémera • 105

Com a mão firme e doce • 114

Eclipse • 145

Laura e Juliana • 154

Azul-cobalto • 161

O

Este livro foi composto
em papel Pólen Soft LD 80g/m².
Impresso em abril de 2014

Que este livro dure até antes do fim do mundo